Les Accoucheuses

Les Accoucheuses

Le couvent des Pascalines

Alex Sol

© Alex Sol - 2022

« Tous droits de reproduction, d'adaptation et de traduction, intégrale ou partielle réservés pour tous pays. L'auteur ou l'éditeur est seul propriétaire des droits et responsable du contenu de ce livre. Le Code de la propriété intellectuelle interdit les copies ou reproductions destinées à une utilisation collective. Toute représentation ou reproduction intégrale ou partielle faite par quelque procédé que ce soit, sans le consentement de l'auteur ou de ses ayant droit ou ayant cause, est illicite et constitue une contrefaçon, aux termes des articles L.335-2 et suivants du Code de la propriété intellectuelle »

Correction : Ingrid Lombart

Couverture : Alex Sol

Maquette et mise en page : Alex Sol

Édité par ®Alex Sol, 31500 Toulouse

ISBN : 9782494206175

Dépôt légal : Octobre 2022

Pour Les lecteurs de romans Noir/Horreur/Policier

PLAYLIST

Lux Aurumque - Eric Whitacre
Requiem in D minor - Mozart
Time Will Catch Me First - Peter Crowley
Miserere - Gregorio Allegri, Tenebrae
Allegri - Thylacine, Gregorio Allegri
Alleluia - Eric Whitacre
Crucifixus a 6 - Antonio Lotti
Beati quorum via - Charles Villiers Stanford
The Fire Within - Jennifer Thomas, The Rogue Pianist
amour - Jean-Michel Blais
Papa Can You Hear Me ? - Barbra Streisand

CHAPITRE 1

Couvent des Pascalines
13 septembre 1871

Les couloirs du couvent se vident le soir, pour autant, les cris, eux, ne cessent pas.

Si nous n'avons pas le droit de circuler une fois la nuit tombée, nous entendons les hurlements des filles en train d'accoucher. Les pleurs des bébés, eux, traversent moins les murs de pierre, et puis ils ne restent pas longtemps, les sœurs trouvent très vite des familles à qui les confier. Les listes d'attente sont longues, surtout depuis l'épidémie de morts infantiles que le couvent a connue il y a moins d'un an.

Cela fait quatre mois que je suis arrivée, quatre

mois que mes parents m'ont laissée aux bons soins de la congrégation des sœurs Pascalines afin de cacher ma grossesse et d'enfanter à l'abri des regards. Ils n'assument pas que leur fille unique de dix-sept ans se soit, comme ils le disent si bien, « fait engrosser aussi facilement ». Mon père profite d'une très belle réputation au sein de la haute bourgeoisie de la capitale, il ne faudrait surtout pas que je la « ternisse avec mes fornications hors mariage ».

Autant dire que cela fait quatre mois que j'entends toutes sortes de cris et de hurlements, le jour, la nuit, le matin, le soir. Parfois même à l'heure du déjeuner. Cela étonne toujours les nouvelles, mais cela leur passe vite. Parce qu'à part les cris des mères en train d'accoucher et des bébés, la nuit, la tranquillité règne. Les sœurs font vœu de silence de la dernière prière du soir au petit matin.

Allongée sur mon lit dans la chambre que je partageais avec une jeune femme partie la veille, uniquement éclairée par deux bougies qui ne tarderont pas à être consumées, je soupire en passant mes mains sur mon ventre. Le terme approche. Une semaine.

Je ris souvent des sœurs qui veillent sur nous, me moquant d'elles dès que l'occasion se présente – je n'ai jamais compris cet extrémisme religieux qui pousse des personnes à renoncer aux plaisirs de la vie dans le but de prier toutes les trois heures –, mais je dois admettre que malgré leur froideur, elles prennent bien soin de nous.

Un nouveau hurlement traverse les murs et me donne des frissons. Claudia. Nous savions toutes que son accouchement serait difficile. Elle attendait des jumeaux. Ils la fatiguaient tellement qu'elle ne pouvait même plus marcher seule ces dernières semaines.

Je plaque mes mains sur mes oreilles. Je n'ai pas besoin d'entendre ce qui m'attend, je ne supporte plus ces cris, je veux qu'ils cessent ! Je m'imagine déjà à moitié nue en train d'accoucher sur une table entourée de sœurs au visage grave m'ordonnant de pousser.

Claudia, cette adolescente de seulement quinze ans, hurle de nouveau. Son cri déchire l'air. Personne ne parle dans les dortoirs. J'imagine que cela porterait malheur. Même les filles qui partagent des chambres de dix n'osent prononcer un mot lors des accouchements. Leurs babillages perpétuels s'interrompent le temps des délivrances.

Je n'arriverai pas à dormir. Je lirais bien les ouvrages de médecine que m'a rapportés Irène, une novice pas très intelligente qui m'aime bien – je pense qu'elle est rentrée dans les ordres pour cacher son attirance pour les femmes et je dois avouer jouer un peu là-dessus pour lui demander des faveurs –, mais je dois économiser mes dernières chandelles.

J'aimerais me retourner pour enfouir ma tête dans mon oreiller, mais mon ventre m'en empêche. À l'intérieur, la source de mes problèmes donne un coup de pied, ou bien peut-être un coup de main, et frappe directement dans ma vessie. Je me relève avec peine sur mes bras pour m'asseoir et fixe le pot de chambre dans l'angle de la pièce. J'aurais dû le laisser plus près du lit.

CHAPITRE 2

À peine les Primes chantées, les premières prières après le lever du soleil, on toque à la porte de ma chambre. Je trouve cela vraiment étrange de prétendre que je pourrais refuser une visite – après tout, les sœurs m'enferment tous les soirs.

Je pose ma brosse sur mon lit et glisse mes longs cheveux bruns sur mon épaule.

— Oui ?

Sœur Caroline – je suis certaine que c'est elle, c'est toujours elle – déverrouille la porte et abaisse la grande poignée en fer.

Une adolescente d'à peu près mon âge se tient debout à côté de la sœur emmaillotée dans son habit sinistre. Les mains appuyées sur le ventre, elle fixe le sol. Des taches parsèment ses vêtements de mauvaise qualité et le bas de sa jupe est couvert de boue séchée. Pourtant, il n'a pas plu depuis deux semaines par ici. Je fronce le nez. On ne va tout de même pas m'imposer cette souillon comme colocataire !

— Bonjour, Louise, me salue sœur Caroline, je te présente Eugénie. Elle va partager ta chambre.

Je ne dis rien et observe la fameuse Eugénie entrer et chercher du regard quel lit elle va occuper. Je grimace alors qu'elle s'approche du mien. Elle le perçoit, détourne les yeux et s'avance vers la paillasse plus petite.

Je me tourne vers Caroline. La sœur âgée de plus de cinquante ans en paraît facilement vingt de plus tant son habitude de froncer les sourcils l'a vieillie de manière prématurée.

— Peut-être pourriez-vous lui donner des vêtements plus propres ?

Caroline me toise en secouant doucement la tête.

— Louise, n'avons-nous pas déjà parlé des bonnes manières ?

— Elle empeste, fais-je remarquer sans ciller.

Derrière moi, Eugénie se tend et renifle.

Mes mains se posent par automatisme sur mon ventre. Il me tarde tant d'être délivrée ! Sortir de cet endroit lugubre, dire au revoir à ces nonnes glaciales et recommencer ma vie dans ma chambre confortable de Paris. Retourner aux bals, retrouver Gustave. Enfiler de nouveau des robes cintrées, des bustiers. Parler et rire le soir ! Manger de bons plats, boire du vin ! Pouvoir étudier sans avoir à me cacher. Rabrouer les hommes qui cherchent à asseoir leur pseudo dominance sur moi et leur prouver que je suis bien plus savante qu'eux.

— Peut-être alors pourrais-tu lui prêter une des nombreuses robes que tes parents t'ont envoyées ? m'indique sœur Caroline.

— Où sont ses affaires ? répliqué-je.

— Elle n'en a pas.

La nonne sort de la chambre sur ces mots. Elle ne ferme pas à clef. Au moins, la nouvelle va pouvoir aller se laver. Je me tourne vers Eugénie. Assise sur sa couchette, elle se tient voûtée en avant. Ses mains tremblent. Un petit carnet dépasse d'une des larges poches de sa jupe, il a l'air bien rempli.

Je roule des yeux, mais me dirige vers le coffre où sont rangés mes vêtements. Après plusieurs essais infructueux, ce satané ventre m'empêchant d'effectuer les mouvements les plus basiques, je parviens enfin à l'ouvrir. Je pousse les lettres de Gustave qu'Irène m'apporte en secret – et qu'elle lit aussi, je vois bien que les enveloppes sont déjà ouvertes lorsqu'elle me les donne – et saisis une des robes que j'aime le moins. Je me retourne et la tends à Eugénie sans m'approcher.

Si elle la veut, il va falloir qu'elle se lève pour l'attraper.

Eugénie pleure constamment, mais heureusement, elle le fait en silence. Moi, j'étudie en songeant à tout ce que je vais retrouver en rentrant à la capitale. Les bals surtout... Oui, ce sont les bals qui me manquent le plus.

Une petite voix faible s'élève soudain.

— Depuis combien de temps es-tu là ? me demande-t-elle.

Je tourne la tête dans sa direction. Cherche-t-elle à faire la conversation ? Sérieusement ?

— Euh... Quatre mois.

— Quatre mois ? s'étonne-t-elle. C'est bien long.

Elle me regarde, curieuse. Elle a cessé de pleurer. Tant mieux.

— Je devais cacher...

Je pointe mon ventre du doigt.

— ... ça.

— Tu n'en voulais pas ?

— Je ne suis pas mariée ! m'exclamé-je.

— Oh, oui... D'accord. J'avais une question...

Ça m'aurait étonnée.

— Est-ce que... Est-ce qu'on s'occupe bien de nous ici ?

Je hausse un sourcil.

— Hmm... Disons que ce n'est pas le grand luxe, mais les sœurs nous donnent à manger et veillent sur notre santé. Si tu n'arrives pas à faire de repas complets à cause des nausées, tu peux aller manger plusieurs fois dans la journée. Il y a toujours quelqu'un pour préparer quelque chose. Et si tu es trop faible, les novices te servent dans ta chambre. Récemment, les sœurs ont engagé un docteur qui assiste à certains accouchements.

— Il n'y avait pas de docteur avant ?

Je plisse les yeux.

— Non. Les sœurs sont presque toutes infirmières, elles savent ce qu'elles font.

— Alors, pourquoi avoir engagé un docteur si elles savent ce qu'elles font ?

Elle n'est vraiment pas maline, celle-là !

— Pour les aider, pardi. Quand il y a plusieurs accouchements aux mêmes moments, c'est très utile.

— Ça arrive souvent ?

Je repense aux rumeurs qui courent depuis quelques mois et ma gorge se serre.

— Ça arrive, c'est tout.

Je ne veux pas y penser.

Dès que la température le permet, vers la fin de matinée, je sors de ma chambre, traverse les couloirs sinistres et pars me promener dans le jardin du cloître. Le soleil réchauffe mon visage et je soupire d'aise.

Je respire mieux depuis quelques jours, les sœurs disent que c'est parce que le bébé est descendu, il appuie moins sur mon diaphragme. Je leur pose beaucoup de questions. J'étudie la médecine dès que je le peux. J'aimerais être infirmière. Après avoir vu toutes ces filles accoucher avant moi, je sais comment les choses se passent. Papa déclare que seules les femmes pauvres travaillent, mais je ne suis pas d'accord, je désire apprendre. Il a bien conscience que rien ne m'en empêchera, pourtant il ne cède pas à toutes mes demandes. Enfin, pour l'instant. Il le fera, ce n'est qu'une question de temps. Il est fier comme un paon quand j'épate ses amis et connaissances avec mon esprit aiguisé et mes connaissances. Il ne sait pas vraiment ce qu'il veut.

Parmi les novices qui marchent en groupe telles les braves brebis obéissantes qu'elles sont, vêtues de leur robe bleu clair et de leur cape blanche, j'aperçois Irène. Je croise son regard et elle me sourit. Elle secoue la tête afin de m'indiquer qu'elle n'a pas de nouveaux courriers pour moi. Je me mords la lèvre et mon cœur se serre. Voilà déjà plus d'une semaine que Gustave ne m'a pas répondu.

Devrais-je m'affoler ?

Non, il est fou de moi. Je n'ai pas d'inquiétude, pourtant le doute s'installe. Il avait promis de me rendre visite ce soir à 23 heures. Il vient me voir un lundi sur deux au niveau du portail qui donne sur le couvent. Si tout se déroule comme prévu, cela sera notre dernière rencontre secrète avant l'accouchement.

Après avoir lézardé un long moment au soleil, je décide de retourner à ma chambre. Au croisement de deux couloirs, je tombe sur deux sœurs en train de discuter.

Elles ne m'ont pas vue.

Je recule de quelques pas, profitant de l'occasion pour les écouter. Il faut dire que les distractions se font rares ici.

— Vous devriez parler à sœur Marie-Paule, vous n'êtes pas en état de travailler, Suzanne !

— Ça ira, je vous assure.

Sœur Catherine soutient sœur Suzanne dont le visage blafard ne laisse aucun doute quant à son état. Elle est malade. La pauvre a les joues émaciées et sa robe flotte autour d'elle.

Sœur Catherine insiste.

— Non. Ça ne va pas. Quelques jours dans votre chambre vous feraient le plus grand bien. Je vais en parler à sœur Marie-Paule. Elle ne souhaiterait pas vous voir aussi mal.

Suzanne recule et prend appui sur le mur.

— Je vais faire attention, je vous le promets. Je prendrai plus de pauses.

Catherine grimace. Cette réponse ne lui convient pas. Elle s'apprête à parler quand Suzanne la coupe de sa voix frêle et chevrotante.

— Nous aurons bientôt de quoi nous payer à nouveau des vivres et peut-être même de la viande. Il ne me reste que quelques jours à tenir. Je vous assure que ça va aller. Votre compassion me touche, Catherine. Vraiment. Dieu vous garde, ma sœur... Dieu vous garde.

Je me demande où elle pense trouver cet argent. Les sœurs ne mangent plus à leur faim depuis plusieurs mois. L'état de Suzanne ne me surprend pas. J'ai même une pointe au cœur pour elle.

— Si vous acceptez de vous reposer, énonce Catherine, si vous reconnaissez que vous n'êtes pas en état de travailler, on vous donnera une ration supplémentaire de nourriture.

— Jamais, se défend Suzanne. Jamais je ne prendrais une ration de nos pensionnaires ! Je peux tenir. Vous voyez, je suis debout.

— Vous tenez à peine sur vos deux jambes, Suzanne ! Reconnaissez-le !

Sœur Catherine regarde autour d'elle et je m'enfonce un peu plus dans ma cachette.

— Prenez ça. Il est un peu dur, mais ça vous calera.

— Oh, je ne peux accepter !

Je tends la tête. Sœur Catherine place un morceau de pain rassis dans la main de sœur Suzanne. Elle n'acceptera pas un refus.

— Très bien, très bien, renonce la seconde sœur. Je vous remercie, vous êtes si bonne.

— Vous l'avez dit vous-même, nous allons avoir

une rentrée d'argent. Nous devons nous entraider. Mais vraiment, promettez-moi de vous ménager.

— Je vous le promets.

Sœur Catherine reprend plus bas. Je peinerais presque à l'entendre.

— J'espère que nos pensionnaires savent à quel point nous nous dévouons pour elles.

CHAPITRE 3

Eugénie a passé la robe que je lui ai prêtée. Je me retiens de hurler de jalousie. Cette gueuse la porte bien mieux que moi. Le blanc lui va mieux au teint, on dirait une madone. Quelle ironie quand on sait pourquoi elle est là !

Elle se tourne vers moi et me sourit. Elle s'est lavée et ses cheveux sont à présent brossés. Elle est belle, trop belle. Elle m'agace. J'ai beaucoup trop grossi ces derniers mois, je le sais, voilà pourquoi je ne porte pas cette robe. Je ne rentre dedans. Mes bras sont bien trop larges aujourd'hui, mais elle... Cette garce a gardé sa ligne, seul son ventre indique son état. Pas de visage gonflé, de doigts boursouflés, de pieds endoloris, de jambes pleines d'eau. Je ne serais pas étonnée qu'aucune marque difforme ne dénature son ventre.

— Bien, te voilà donc propre ! m'exclamé-je.

Son sourire s'agrandit. Le contour de ses yeux est

toujours rouge, signe qu'elle a encore pleuré il n'y a pas si longtemps, mais son visage rayonne presque. Elle m'agace !

— Merci. Vraiment. C'est...

Elle soupire de soulagement en se caressant le ventre.

— C'est tellement agréable de se changer. Et cette robe est vraiment magnifique ! Je n'ai jamais rien porté de si beau.

Évidemment !

Je pince les lèvres pour m'empêcher de grimacer. Vivement qu'elle accouche, celle-là, et qu'elle déguerpisse !

Un groupe d'adolescentes passe dans le couloir et l'une d'entre elles m'appelle.

— Louise !

Je me retourne et me fige. Josépha, une fille de marchand d'épices enceinte de plus de huit mois, s'approche et entre dans ma chambre en fermant la lourde porte en bois derrière elle. Ses cheveux bruns ont été coiffés et torsadés. Sûrement par sa compagne de chambre, Zélie, qui elle s'est vraisemblablement coiffée seule au vu de l'asymétrie de son chignon.

Josépha jette un regard à Eugénie, l'ignore et se tourne vers moi.

— C'est pour ce soir, chuchote-t-elle.

— Quoi donc ?

— Tu sais... La vague.

Je me raidis. Non... Non, pas ce soir.

— Ce soir ? Vraiment ?

Cela ne m'arrange pas. Je devais retrouver Gustave au portail à 23 heures.

— Oui.

Josépha montre Eugénie d'un geste de tête.

— Je pense que c'est à cause de la nouvelle. Les rumeurs vont vite, Agatha a entendu deux novices en parler au détour d'un couloir. Elles avaient l'air inquiètes, mais il semblerait que le docteur soit appelé. Marie vient juste de me le dire.

J'acquiesce.

— Je viens de croiser sœur Catherine et sœur Suzanne. Elles discutaient d'une rentrée d'argent dans les prochains jours.

— C'est ça !

Je me retourne vers ma nouvelle compagne de chambre qui me fixe d'un air de sombre idiote.

— Quoi ? Mais de quoi est-ce que vous parlez ? s'inquiète-t-elle.

Je me frotte le front.

— Ce ne sera pas pour moi, tenté-je de me rassurer.

Josépha secoue la tête.

— Les sœurs ne gardent pas les...

Elle hésite et observe une nouvelle fois Eugénie. Son regard en dit long sur ce qu'elle pense des filles moins fortunées qu'elle.

— Elles ne gardent pas les pauvres longtemps. Le fait qu'elles l'aient mise avec toi... C'est évident...

Je soupire.

— Une vague d'accouchements. Mais je ne suis pas au terme, elles ne vont pas me déclencher, moi. Elles ont bien trop peur des conséquences s'il m'arrive quoi que ce soit.

— Déclencher, répète Eugénie, la voix tremblante derrière moi.

Je me retiens de lui crier dessus. J'aurais dû deviner qu'elle n'était qu'une fille de rue. Sa jupe... Qui aurait gardé des vêtements aussi sales plusieurs jours ? Il n'a pas plu depuis plus de deux semaines !

Josépha la scrute avec pitié et cela m'agace encore plus. Pourquoi s'inquiéter pour elle ? Cette fille doit faire le tapin pour manger, rien à voir avec nous ! Nous ne faisons pas partie du même monde ! C'est à cause de filles comme elle que les sœurs déclenchent les accouchements par vagues. Les pauvres ne paient pas leur séjour au couvent, elles se contentent de donner leur bébé en échange d'un lieu sûr où enfanter. Elles repartent deux jours après, parfois moins. On ne les revoit pas. Moi, je suis assurée de pouvoir rester ici aussi longtemps que ma convalescence le demandera. Des mois s'il le faut.

Après les mauvaises récoltes de l'été et l'épidémie qui a tué presque tous les bébés du couvent il y a moins d'un an, les sœurs font de plus en plus attention aux dépenses. J'aurais dû me douter que l'installation d'Eugénie dans ma chambre n'était pas anodine.

Josépha secoue lentement la tête.

— Fais attention à toi, me conseille-t-elle en posant sa main sur mon bras. Tu sais ce que racontaient les anciennes.

Ses yeux glissent vers mon ventre et elle grimace avant de sortir. Elle rejoint ses amies et s'éloigne avec elles.

Je referme la porte et m'appuie dessus. Oh oui, je connais bien les rumeurs ! Ce n'est pas la première fois que le couvent se retrouve à court de moyens financiers.

Eugénie me fixe, les yeux remplis de questions.

— Ne me regarde pas comme ça.

— Mais... Ton... Cette fille, elle parlait de déclenchements... Est-ce que...

Je ricane.

— Tu croyais quoi ? Que les sœurs allaient t'offrir un lit le temps que tu pondes ton bâtard ? Dans une chambre comme celle-ci en plus ?

Eugénie recule d'un pas.

— Non, non, mais...

— Quand des filles comme toi arrivent, les sœurs donnent des infusions spéciales à celles qui sont sur le point d'accoucher. Comme ça, au lieu d'avoir un seul bébé à présenter aux futurs parents, elles en ont plus. Il y en a qui paient vraiment plus cher pour avoir le droit de choisir, tu sais ! Les autres... Eh bien, ils adoptent ce qu'il reste.

Les sœurs ont besoin de cet argent. Le couvent en a besoin. Si je trouve cette méthode extrême, je peux comprendre leur peur et leur résignation.

Eugénie cille et se retourne pour s'asseoir sur le lit.

— Alors on n'a qu'à ne pas boire l'infusion !

— Toutes les filles doivent en prendre une à 16 heures. C'est la règle ici.

— Comment ça ?

— Ça nous donne de la force, ça fait des bébés plus robustes. Mais... Mais quand elles veulent plusieurs bébés en même temps, eh bien... elles rajoutent quelque chose dedans. Comme ça, plus de filles accouchent pendant la nuit et au petit matin, les sœurs n'ont pas qu'un bébé, mais plusieurs. Tu vois ?

Ce que contient cette fameuse infusion, je l'ignore... Les premiers mois après mon arrivée, je me baladais souvent dans les diverses pièces du couvent, mais je n'ai jamais rien trouvé. Pourtant, j'ai fouillé à plusieurs reprises les cuisines et ai été réprimandée pour cela. La composition de cette infusion reste un mystère pour moi. J'ai pensé à l'époque que cela n'était qu'une rumeur inventée par les pensionnaires pour tromper l'ennui qui règne entre ces murs, jusqu'à ce que je sois à mon tour témoin d'une vague.

Les hurlements avaient duré toute la nuit. Les sœurs couraient dans les couloirs pour aller des dortoirs à l'infirmerie, toujours en silence en raison de leur vœu nocturne, sauf pour la matrone et son assistante qui ont le droit de parler pendant les accouchements. Les autres pensionnaires, dont moi, tremblaient sur leur couche en priant pour ne pas accoucher à ce moment-là. Au petit matin, toutes les traces de sang dans les couloirs n'avaient pas été lavées... Je me souviens encore de l'effroi qui m'avait traversée.

Eugénie renifle.

Je la déteste. Je vais rater la visite de Gustave, j'en suis sûre, et tout ça, c'est sa faute à elle. Irène prendra-t-elle le risque de venir m'ouvrir ce soir alors que toutes les sœurs seront sur le pied de guerre ?

Eugénie hoche plusieurs fois la tête.

— Et... les bébés, les futurs parents, ils s'en occupent bien ?

Je me fige devant tant de bêtise.

— Tu crois qu'ils paieraient aussi cher pour avoir un enfant s'ils ne comptaient pas bien s'en occuper ?

Elle renifle.

— Je n'avais pas prévu d'accoucher si vite, admet-elle en fixant son ventre. Je pensais que j'aurais plus de temps avec... avec lui ou elle.

— Si tu voulais le garder, fallait pas venir ici.

Elle lève ses yeux bleus brillants de larmes vers moi.

— Je n'ai pas eu le choix.

Un peu plus tard, je croise Denise, une fille de conseiller. Elle m'arrête dans le couloir alors que je me rends au jardin.

Elle jette un œil tout autour de nous avant de se pencher à mon oreille. Cette fille adore les commérages et je ne peux la blâmer. Il n'y a rien d'autre à faire ici.

— Les jumeaux de Clara sont des garçons. Ils ont déjà été adoptés.

— C'est vrai ?

— Oui. Il paraît que c'est une femme de général. Son mari est mort au combat contre les Prussiens. Elle est venue avec deux nourrices les chercher.

— En même temps, deux garçons, c'est bien pour elle. Si un seul des deux survit, elle aura un descendant. Mais comment va-t-elle faire ? Va-t-elle dire qu'elle a accouché ?

— Tu sais, les veuves sans enfants viennent vite en adopter un, comme ça elles peuvent prétendre que c'est celui de leur défunt mari. Il leur suffit de rester recluses quelque temps chez elle et de bien payer leurs domestiques.

J'acquiesce. Oui, cela semble logique. Triste, mais logique.

Denise me sourit et s'éloigne, prête à répandre une nouvelle fois sa rumeur.

CHAPITRE 4

Mes mains vacillent. Pourquoi suis-je aussi inquiète ? Je sais bien que les sœurs ne feront jamais rien qui pourrait mettre ma vie en danger. Mon père les paie trop grassement pour cela.

Assise sur un des bancs du jardin du cloître, j'observe le défilé des sœurs sortant de la Sexte, la prière de midi, accompagné des chants de la chorale.

Sœur Caroline discute avec sœur Marie-Paule, la matrone qui assiste le docteur pendant les accouchements, et mes jambes tremblent. Elle est la seule à pouvoir baptiser les enfants à la naissance au cas où ils ne survivraient pas. Jamais de ma vie je n'ai vu de femme aussi terrifiante. Autant les novices et plusieurs autres nonnes nous regardent avec pitié, mais sœur Marie-Paule, c'est autre chose. Elle nous considère à peine. Elle ne nous regarde pas, elle nous analyse. Ses yeux scrutent le moindre signe qui indiquerait un problème avec la grossesse. Notre état physique et psychologique lui importe peu, si ce n'est pas du tout. Seuls les bébés l'intéressent.

Elle gère aussi toute la partie administrative et financière du couvent. Je me demande souvent pourquoi elle ne prend pas la place de la mère supérieure qui est si âgée qu'elle ne peut à présent plus quitter son lit.

Je secoue la tête.

Non, il ne m'arrivera rien ! Je tente de m'en persuader. Irène ouvrira la porte de ma chambre à 22 heures et Gustave m'attendra au portail avec un nouveau présent. Heureusement qu'Irène est là. Comment aurais-je fait sans elle ?

En parlant d'Irène, je la vois se détacher du groupe et me faire signe de la retrouver derrière le grand chêne qui a perdu toutes ses feuilles avec l'hiver qui s'en vient. Je resserre le foulard autour de mon cou, ajuste ma cape en laine et me lève.

— Tu vas bien ? me demande-t-elle alors que je peine à la rejoindre en raison des vingt kilos que cette grossesse m'aura fait prendre.

— Il y a une nouvelle fille dans ma chambre ! indiqué-je sans préambule.

Irène acquiesce. Son visage a encore maigri. Ses joues se creusent, alors qu'elles étaient bien plus rondelettes il y a quatre mois lorsque je suis arrivée. J'hésite à lui demander si elle renonce encore à une part de ses rations de nourriture pour laisser le reste aux pensionnaires, mais j'ai besoin de réponses à mes questions d'abord.

— Oui, je sais, déclare-t-elle.

— Est-ce que c'est pour ce soir ? La vague ?

— Peut-être, je ne suis pas sûre. Elles ne parlent pas de ça avec les novices, tu sais.

— Ils ne vont pas me déclencher, moi ? N'est-ce pas ?

Irène secoue la tête et me rassure de son sourire doux.

— Non, bien sûr que non, Louise. Ne t'en fais donc pas, voyons. Ce n'est pas pareil pour toi.

— Tu en es certaine ?

— Absolument, me répond-elle en souriant.

Je me détends enfin et soupire.

— Je... Je suis bête, j'ai eu peur... J'ai cru que...

Irène me réconforte d'un nouveau sourire. Si elle n'était pas si laide, je n'aurais pas compris sa résolution de s'engager dans les ordres, mais la pauvre fille ne ressemble à rien avec cet énorme nez et ces boutons qui lui mangent le visage. Heureusement, elle est gentille, très naïve et loyale, assez pour que je n'aie pas eu à insister longtemps pour la transformer en ma messagère. Elle ne me laissera pas tomber. Je trouve cela assez cocasse que son attirance pour les femmes l'ait poussée à se réfugier ici. Elle n'est pas vraiment à l'abri des tentations. Si les sœurs les plus vieilles ressemblent à de vieux pruneaux desséchés, les novices et les jeunes sœurs qui se sont enrôlées pour éviter un mariage forcé ou par véritable dévotion – je peine tout de même à croire en cette dernière éventualité – ne sont pas toutes vilaines.

— Des nouvelles de Gustave ? la questionné-je.

Le sourire d'Irène fane et elle détourne les yeux.

— Non. Je suis désolée.

— Il viendra.

Elle hoche la tête, plus pour me faire plaisir que par réelle conviction.

— Je... Je dois y aller, à tout à l'heure, Louise. Ne te fatigue pas trop.

— Attends !

Elle hausse les sourcils, surprise.

— Oui ? Est-ce que je peux faire quelque chose pour toi ?

— Est-ce que ça va ? Tu... Tu as l'air encore plus amaigrie que d'habitude.

Irène vérifie que personne n'approche.

— Nous avons encore dû réduire les portions, les récoltes n'ont pas été bonnes. Enfin, pas comme on l'espérait. Les pommes de terre ont...

Elle soupire, je vois la frustration sur son visage. Irène fait partie des sœurs qui s'occupent des potagers du couvent.

— Elles ont pourri, continue-t-elle, on ne sait pas pourquoi... On cherche une autre solution, mais l'hiver s'en vient et... Oh, mais je ne devrais pas être aussi négative. Tu n'as pas à t'inquiéter, vous êtes la priorité, vous et les bébés ! On continuera de vous servir en premier !

Je secoue la tête.

— Non, mais Irène, ce n'est pas pour moi que je m'inquiète, mais pour toi.

— Vraiment ?

— Bien sûr. Regarde tes mains, elles sont recouvertes d'entailles, et ta peau... Tu fais presque peur à voir. Tu dois te nourrir ! Tu travailles trop pour le peu que tu manges.

— C'est notre cas à toutes, avoue la novice.

Je repense à sœur Suzanne. Oui, c'est bien leur cas à toutes.

Je me tourne et observe les sœurs qui discutent en petits groupes dans le jardin en profitant de la chaleur des rayons du soleil. Elles aussi ont maigri, même sœur Marie-Thérèse qui avait un gros penchant pour le grignotage a perdu beaucoup de poids. Seules les malades semblent avoir le droit aux mêmes rations que les pensionnaires et sœur Marie-Paule veille à ce qu'aucune sœur ne prétende ne pas être en forme. Une d'entre elles, sœur Lydie il me semble, s'est fait tirer de son lit par la matrone alors qu'elle feignait d'être souffrante. Je n'aurais pas aimé être à sa place.

Irène me touche le bras alors qu'un frisson me traverse.

— Merci de t'inquiéter pour moi, cela me touche beaucoup, mais vous savoir en bonne santé me suffit largement.

Je l'observe s'éloigner, à la fois rassurée de ne pas accoucher ce soir, mais aussi inquiète du futur du couvent. Une seule semaine me sépare du terme, mais je sais d'avance qu'il me faudra au moins un mois pour me rétablir.

Pas de pommes de terre ? Je sais que les sœurs comptaient sur cette récolte. Cela fait déjà un mois que nous n'avons pas eu de morceau de viande au repas.

Je regagne ma chambre dans l'espoir de pouvoir un peu étudier avant 16 heures et rejoins Eugénie qui griffonne dans son cahier à l'aide d'un misérable crayon à dessin. Elle sursaute en m'entendant entrer et hésite à cacher l'objet de sa concentration sous sa paillasse.

— T'embête pas, ce que tu fais ne m'intéresse pas !

Je m'étonne tout de même qu'une fille aux allures de pauvresse détienne un carnet. Que dis-je, qu'elle sache écrire ! Qui a bien pu lui apprendre ? Elle parlait de son père, peut-être l'a-t-il fait instruire afin qu'elle puisse travailler avec lui. Ses vêtements sont de confection douteuse, mais ses mains ne portent pas de traces de travail manuel, j'en déduis qu'elle doit travailler dans un commerce, ou bien qu'elle fait le tapin. Ceci expliquerait cela...

Je me sors Eugénie de l'esprit et retrouve mon

exemplaire du *Traité des fièvres adynamiques* de Gaspard Roux, puis je me réfugie sur mon lit afin de continuer mon apprentissage.

Je suis vite interrompue par sœur Caroline qui fait irruption dans notre chambre.

— Eugénie, je ne vais pas avoir le temps de te faire faire le tour du couvent comme promis, annonce-t-elle.

Ladite Eugénie lui sourit.

— Ce n'est pas grave. Je ne suis pas pressée. Je me doute que vous devez être très occupée.

Caroline se tourne vers moi. Je sens que je ne vais pas aimer ce qu'elle va dire.

— Louise va s'en charger.

Je souffle et laisse ma tête retomber contre mon oreiller.

CHAPITRE 5

Eugénie marche à mes côtés. Je lui ai montré le chemin jusqu'à l'église – évidemment, elle a voulu s'arrêter pour prier –, le cloître, le réfectoire qu'elle a vu à midi, les cuisines et les sanitaires. Cela fait longtemps que je n'ai pas autant marché. Mes jambes sont si lourdes que ces derniers temps je ne me déplace plus que jusqu'au cloître et au réfectoire.

— Et là, c'est l'escalier qui monte au quartier des sœurs.

— Merci, Louise, vraiment, c'est très gentil.

— Sœur Caroline me l'a demandé.

Eugénie caresse son ventre et me sourit.

— Oui, mais tu fais ça bien.

Elle est bien trop belle, douce et naïve pour être réelle. Que cache donc cette fille ?

— Je ne t'ai pas encore montré l'infirmerie. Suis-moi.

Plus vite nous en aurons terminé, plus vite je pourrai retourner m'allonger.

Elle s'exécute et nous contournons le cloître. Sœur Marie-Paule nous dépasse en courant, mais contre toute attente, elle ne tourne pas dans le couloir qui donne sur l'infirmerie et les salles d'accouchement, mais continue en direction de l'entrée du couvent.

Que se passe-t-il ?

Je m'arrête pour l'observer.

— Quelque chose ne va pas ? me demande Eugénie.

— Je ne sais pas. C'est bizarre.

Je reprends mon avancée, mais m'arrête aussitôt en sentant le bébé taper contre mes côtes. Mon souffle se coupe et je gémis de douleur.

— Louise ? Est-ce que ça va ? Oh, mon Dieu. Est-ce que tu es en train d'accoucher ? Louise ?

Je ne réponds pas, la douleur me paralyse.

— Louise ? Je vais chercher quelqu'un, oui...

La douleur passe et je saisis Eugénie par le poignet.

— Ça va, ça va.

Je me redresse en prenant une grande inspiration. Vivement que tout ceci soit terminé. Ce bébé est fort, ses coups sont de plus en plus violents.

Eugénie me fixe, inquiète.

— Tu en es certaine ? Tu n'as pas l'air bien.

Je lui fais signe de continuer à avancer.

— Le bébé ne te tape jamais, toi ?

Ses lèvres se déforment en une grimace peu gracieuse. Elle a au moins ce défaut-là.

— Non, non, pas si fort que ça. Je le sens bouger, mais à part ça, pas de coups violents, non.

— Chanceuse.

Nous pénétrons dans les couloirs de l'infirmerie et passons devant les salles d'accouchement. Louise s'arrête devant l'une d'entre elles, la porte est entrouverte et donne sur une pièce au centre de laquelle est positionnée une table en bois munie de repose-pieds et de sangles. Un petit meuble dans le fond accueille des instruments chirurgicaux et des linges propres.

Eugénie déglutit.

— Tu n'as jamais vu ça, pas vrai ? lui demandé-je.

— Mais... Mais... Pourquoi des sangles ?

— Pour tenir la mère si elle bouge trop, j'imagine. Je ne connais pas une seule fille qui nous ait dit avoir été sanglée, cela dit.

Eugénie détourne les yeux et continue dans le couloir. Je lui montre la grande salle d'infirmerie, salue d'un geste de tête sœur Gisèle qui s'occupe de la pauvre Claudia qui a accouché de jumeaux et fais demi-tour. L'adolescente alitée me regarde à peine tellement elle est fatiguée. Un peu plus loin, une autre silhouette m'interpelle.

Sœur Suzanne.

Allongée sur un des petits lits, elle ne bouge pas. Sa peau d'ordinaire rosée est désormais diaphane.

Je me tourne vers sœur Gisèle et la questionne du regard. La nonne retient ses larmes et détourne les yeux avant de remonter le drap blanc sur le visage de sœur Suzanne. Puis, elle se rapproche de Claudia et passe un linge humide sur son front.

Sœur Suzanne... morte ? Je l'ai encore vue ce matin...

— Voilà, tu as tout vu, affirmé-je à Eugénie, la voix chevrotante.

— Merci beaucoup.

Nous sortons des couloirs de l'infirmerie et Eugénie se dirige vers les dortoirs quand me vient une idée.

Les pensionnaires ne sont pas autorisées à sortir par l'entrée principale, car nous pourrions être vues, mais Eugénie ne le sait pas. Je revois sœur Marie-Paule courir en direction de la grande porte. La présence de l'autre adolescente m'offre une excuse parfaite pour assouvir ma curiosité et m'ôter de l'esprit sœur Suzanne.

— Attends, je vais te montrer où se trouve l'entrée principale. Tu as dû entrer par-derrière, n'est-ce pas ?

Elle se tourne vers moi et acquiesce.

— Viens, c'est tout près.

Je lui souris. Elle ne se méfie pas. Elle ne se doute pas une seconde que je lui ferai porter le chapeau si on nous coince à l'extérieur.

Une porte plus petite se dessine sur le côté de la grande porte en bois de l'entrée.

Je regarde autour de nous. Personne. C'est parfait.

Je pousse la porte et enjambe la marche pour sortir. Un vent frais et humide nous accueille sous le ciel gris. Où est donc passé le soleil ? Le temps change si vite en ce moment.

— Et voilà, nous sommes dehors.

Eugénie inspire à pleins poumons.

— C'est beau.

Beau ? Vraiment ? Je pose les yeux sur le grand portail en fer noir longé par des murs de pierre. Derrière la route, la forêt s'étend sur des kilomètres entiers. À notre droite, les carrés de potager s'étirent le long de la façade du couvent.

— Beau... c'est vite dit.

Je n'ai jamais vraiment aimé la campagne. Je trouve cela bien trop calme. Je préfère de loin l'effervescence de la ville, la proximité des commerces, les bals... Oh oui, les bals !

— Tiens, sœur Caroline ! lance Eugénie.

Je me tourne vers la gauche et aperçois à mon tour la sœur. Je saisis Eugénie par le bras et la pousse à reculer contre le mur de l'enceinte.

— Quoi ? Qu'est-ce qui se passe ?

D'un geste de main, je lui indique de se taire.

— Chut. On n'a pas vraiment le droit d'être ici.
— Quoi ? Mais tu...
— Chut, j'ai dit !

Je tends la tête et observe la silhouette de la nonne se diriger vers les étables et les écuries. Les étables sont vides depuis plusieurs mois. Il y a bien quelques poules qui pondent des œufs dans la basse-cour, mais à part ça, on ne trouve plus de bétail dans les champs du couvent. Il a fallu faire un choix : nourrir les pensionnaires ou garder les bêtes. Le choix était vite vu, mais pas forcément facile.

— Mais que fait-elle ?

Sœur Caroline lève sa main en direction d'une silhouette que je n'avais pas vue. Sœur Marie-Paule.

Je rase le mur pour me rapprocher et avoir une meilleure vue. Enfin un peu d'action ! Je sais que je risque d'être déçue, les sœurs se retrouvent probablement pour une marche ou bien tout simplement pour échanger à l'abri des oreilles indiscrètes – comme les miennes en l'occurrence –, mais je ne peux m'empêcher d'avancer. Je dois savoir.

Je m'accroche à une branche de lierre qui remonte sur le mur de pierre.

Eugénie n'hésite pas une seconde et me suis. Brave petite. Elle n'est pas si nulle, en fin de compte.

Je m'arrête.

Sœur Marie-Paule tient quelque chose à la main. Je plisse les yeux pour analyser ce que c'est, mais sur ses habits sombres, je peine à distinguer une forme. Il semblerait que ce soit allongé. C'est tout ce que je perçois à cette distance.

Sœur Caroline paraît anxieuse, énervée... Non, apeurée. Je la comprends, sœur Marie-Paule serait capable de se rendre chez Lucifer en personne pour lui ordonner de réorganiser les enfers !

— C'est un fusil, me chuchote Eugénie.

Elle a raison. Sœur Marie-Paule tient un fusil. Va-t-elle tirer sur sœur Caroline ? Sur nous ?

Non, je divague. Elles ne savent pas que nous sommes là.

Depuis quand la matrone tire-t-elle ? Le bois est tout près, peut-être vont-elles partir chasser ? Je ne raffole pas de lapin, mais je ne cracherais pas sur un morceau de viande.

Les deux sœurs tournent dans la direction opposée – pas de lapin ce soir – et s'avancent vers le pré derrière l'écurie où pâturent deux chevaux.

— Non...

Je comprends et mon cœur s'emballe. Mes doigts se serrent autour de la branche de lierre.

— Quoi ? me questionne Eugénie.

— Elles vont tuer un cheval...

L'adolescente se tend derrière moi et je ne peux la blâmer. Moi aussi, je sens tous mes muscles se raidir. Pas les chevaux... Ils sont beaux, utiles, ils nous emmènent en ville en cas de grosses complications, ils permettent aux sœurs de vendre le surplus de leurs récoltes au marché du village d'à côté.

Mais quel surplus ? Je repense aux mains abîmées d'Irène et à ses joues maigrelettes. Il n'y a plus de récoltes.

Une des sœurs est morte.

Sœur Caroline s'arrête devant l'étalon et saisit son licol. Il la suit, confiant, et la nonne l'emmène derrière l'écurie, face à la porte des cuisines. De là où nous nous trouvons, je ne peux le voir, mais j'aperçois encore sœur Marie-Paule à l'angle du mur.

Ma respiration s'accélère, mon sang bat un rythme de guerre dans mes oreilles, mes doigts tremblent.

Sœur Marie-Paule arme le fusil, bloque la crosse contre son épaule et penche la tête.

Non... Elles ne vont pas faire ça. Elles ne vont pas tuer ce cheval. Il est en pleine forme ! Il est jeune et...

Un hennissement retentit.

PAN !

Le coup de feu résonne jusqu'à nous. Eugénie plaque ses mains sur ses oreilles. Quant à moi, je ne peux pas bouger, ni fermer les yeux, ni ciller.

La branche de lierre casse dans ma main.

Une nuée d'oiseaux s'envole depuis les arbres.

J'imagine le corps du cheval tomber sur le côté, un trou béant entre ses yeux.

Dans le pré, la jument avec qui il partageait ses journées part au galop.

CHAPITRE 6

Après avoir assisté à la mise à mort du cheval, Eugénie et moi sommes retournées sur nos pas et avons rejoint la salle commune pour le goûter. Le chemin du retour s'est fait dans le silence le plus total. Je ne pensais vraiment pas que la congrégation en était arrivée là. Je comprends mieux le courrier que mes parents m'ont envoyé me demandant si j'étais au courant des raisons de l'augmentation de la pension du dernier mois.

Combien de temps ont-elles hésité avant d'abattre un de leurs derniers chevaux ? Leur dernier étalon...

Lydie a appris que sœur Suzanne avait fait une mauvaise chute dans les escaliers. Elle ne s'est pas relevée. Est-elle tombée par accident ou a-t-elle perdu connaissance à cause de la faim et de la maladie ?

À présent attablée sous les grandes arches de pierre, en compagnie de la trentaine de filles dans la même situation que moi, entourée par une dizaine de nonnes, je saisis ma tasse d'infusion. Sœur Marie-Paule, de retour de son massacre équin, est installée dans la chaire intégrée au mur et nous surveille. Je me demande qui est en train de s'occuper du corps du malheureux étalon.

Je baisse les yeux vers ma tasse. En ce qui me concerne, je suis sereine. Je sais que les sœurs ne me déclencheront pas.

Ce n'est pas le cas des autres filles qui approchent du terme. Le mot est passé, les rumeurs vont très vite ici. Elles s'observent toutes, le regard suspicieux et affolé. Tout le monde sait qu'il ne sert à rien de refuser de prendre l'infusion : si on n'accepte pas de la boire, les sœurs nous y forcent. Autant choisir la méthode douce.

Le soleil est revenu et ses rayons s'infiltrent par le vitrail et éclairent de plusieurs rais de couleurs les tables alignées dans le centre de la pièce.

J'approche ma tasse en terre de mes lèvres et inspire profondément le parfum floral avant d'entrouvrir les lèvres. Je ne sens rien qui diffère de d'habitude. Je doute que les nonnes aient rajouté quelque chose.

Face à moi, Josépha ingère le contenu de sa tasse, hoche la tête plusieurs fois et fronce les sourcils. Elle se lève en prenant appui sur la table et s'éloigne lentement. Je me fige pour l'observer. Une sœur se rapproche d'elle et lui tapote le bras. Josépha continue d'avancer, son large ventre en avant. La sœur fait signe aux autres et, bientôt, trois nonnes encadrent mon amie. La jeune femme tourne sur elle-même et je croise son regard affolé. Ses joues sont légèrement bombées. Elle n'a pas avalé l'infusion. Elle a peur. Sœur Marie-Paule la désigne d'un geste de tête.

Plusieurs filles se lèvent à la table de Josépha.

— Laissez-la ! crie Adélaïde, une brunette de vingt ans suivie par Zélie.

— Silence ! crache Marie-Paule.

Sœur Marie-Paule descend de sa chaire et saisit le bras de Josépha. Elle pose une main sur son visage et appuie sur ses joues. Josépha lui crache l'infusion à la figure.

Les autres nonnes se tournent vers nous et nous fixent. Elles ne m'ont jamais paru aussi sévères qu'en cet instant précis. Leur maigreur me saute aux yeux. Elles ont tant sacrifié pour nous, elles comptent sur cette nuit pour retomber sur leurs pieds.

Mes yeux descendent vers ma tasse. Elles n'auraient pas osé, n'est-ce pas ? Josépha... Oui, ses parents aussi sont influents.

Josépha hurle et me tire de mes réflexions.

— Laissez-moi ! Vous ne pouvez pas me faire ça !

Deux sœurs l'emmènent.

— Arrêtez ! Non, laissez-moi ! Ne buvez pas ! Ne buvez pas !

Josépha se débat, agite les bras et plante ses pieds

dans le sol, mais les nonnes la tirent dans le couloir avant que la porte ne se referme sur elles.

Ses cris nous parviennent de moins en moins fort. Puis bientôt, le silence revient.

Mon sang se glace. J'aimais bien Josépha. Que va-t-il lui arriver ?

La porte s'ouvre à nouveau. Une vingtaine de sœurs, toutes affublées de la même expression agacée et déterminée, entrent dans la salle. Deux d'entre elles saisissent Adélaïde et Zélie par les épaules et les forcent à s'asseoir. Elles n'en sont qu'à sept mois de grossesse, elles ne craignent rien, quelles idiotes ! Les nonnes ne les déclencheront pas. Les bébés ne survivraient pas. Leur loyauté à Josépha est complètement déplacée. Elles ne se connaissent que depuis quelques semaines, c'est stupide de prendre autant de risques pour quelqu'un qu'elles ne reverront jamais. C'est comme si moi, je prenais des risques pour Eugénie. Insensé !

Je tourne la tête vers Irène qui patiente contre le mur à côté des autres novices. Elle a les yeux baissés vers le sol. Pourquoi ne me regarde-t-elle pas ? Ses mains sont encore tachées de terre et une tache rouge se dessine sur la manche de son habit. Serait-ce le sang du cheval ? A-t-elle aidé à... à quoi au juste ? À découper le corps ? À le dépecer ?

Un mauvais pressentiment naît en moi. Les sœurs sont désespérées. Jusqu'où seraient-elles prêtes à aller pour remplir les placards de vivres ? Elles se sont tant sacrifiées pour nous... Nous sacrifieront-elles en échange ?

Elles n'auraient pas osé me donner l'infusion qui déclenche les accouchements, n'est-ce pas ? Pas moi, je pèse trop lourd dans la balance. S'il m'arrivait quoi que ce soit, mes parents, mon père surtout, feraient tomber le couvent. Il a été très clair lorsqu'il m'a confiée aux soins des sœurs Pascalines : rien ne devait m'arriver. Il est influent, il a l'écoute des plus grands... Non... Cela serait beaucoup trop dangereux pour elles.

À côté de moi, Eugénie respire de plus en plus vite et de plus en plus fort.

Les sœurs posent deux nouvelles infusions face aux amies de Josépha.

Les autres filles dans la salle se touchent le ventre. Celles qui n'ont pas encore passé le huitième mois boivent en prenant garde à ne pas fixer celles qui sont à risque.

Soudain, je réalise que mes mains aussi tremblent et que ma vision se trouble. Suis-je vraiment en train de pleurer ?

Je lève des yeux implorants vers sœur Marie-Paule qui nous observe sans bouger. Son visage ridé et creusé, encadré par son voile blanc et sa cape noire, ne dégage aucune émotion. Pour elle, nous ne sommes que des agnelles perdues qu'il faut ramener dans le droit chemin. Ou à l'abattoir... Rien de plus.

Je saisis de nouveau ma tasse et en avale le contenu d'une traite.

Pourvu que l'effet soit long à arriver. Si je parviens à tenir jusqu'à 23 heures, je pourrais partir avec Gustave. Nous pourrions nous installer tous les trois quelque part ? Il a assez d'argent après tout.

Cette pensée me surprend.

Que m'arrive-t-il ?

Je regarde mon ventre rond.

Jamais encore je n'avais songé à garder le bébé.

CHAPITRE 7

Au dîner, on nous a servi de la viande. Eugénie et moi nous sommes regardées, hésitantes, puis nous avons mangé.

Le pire, c'est que j'ai trouvé ça bon.

J'avais entendu parler de ces boucheries chevalines qui ont ouvert dans le centre de Paris en 1866, mais je n'y avais jamais goûté.

Les sœurs ont assuré qu'il s'agissait d'une livraison de bœuf reçue dans la journée. Une donation de Paris... Elles ne diront pas le contraire, l'Église a condamné l'hippophagie pendant longtemps, car elle était associée à de vieux rituels païens.

Personne n'a rien dit, et même les sœurs ont eu droit à un morceau de viande ce soir. La mort de sœur Suzanne plane sur le couvent. Personne n'a osé sourire ou rire au dîner. Sœur Catherine est absente. Je n'ose imaginer ce qu'elle doit ressentir.

Eugénie n'a pas réussi à terminer son assiette.

Sœur Catherine aurait trouvé le corps de sœur Suzanne. La nonne a fait une crise de panique si intense qu'elle n'est pas sortie de ses quartiers depuis. Sœur Marie-Paule lui a fait apporter son repas, voilà pourquoi nous ne l'avons pas vue au dîner.

La nuit est tombée, 21 heures passées, et Eugénie ressent des crampes depuis presque trois heures. Josépha ne nous a pas rejointes au dîner et elle n'était pas la seule. Une autre fille enceinte de plus de huit mois était absente. Nous savons toutes ce que cela signifie.

La vague d'accouchements est bien réelle.

Les rumeurs filent, le docteur est arrivé, une des filles l'a vu passer les grilles avec sa mallette. Deux nourrices l'accompagnaient, les seins pleins de lait à partager avec des nouveau-nés. Les pensionnaires du couvent discutent entre elles à travers les murs, se faisant passer les messages que les dernières filles à rejoindre leur dortoir leur rapportent.

Les nonnes sont elles aussi plus agitées que d'habitude, elles s'empressent de rejoindre l'infirmerie au pas de course, les bras chargés de linges et de bassines d'eau bouillante. Les novices ont été envoyées se coucher tôt.

Allongée sur son lit, Eugénie grimace toutes les

quinze minutes environ, mais ne dit rien. Elle se contente d'écrire encore et encore dans son calepin usé. Vraiment, je me demande où elle a pu trouver un tel objet. Les filles comme elle ne peuvent se permettre une dépense de la sorte. Des larmes roulent le long de ses tempes.

Pauvre fille. Pour moi, tout va bien. Si les sœurs avaient voulu déclencher mon accouchement, j'aurais déjà ressenti des signes, c'est évident. Peut-être pourrai-je sortir rejoindre Gustave ce soir en fin de compte. Cette idée me remplit de joie.

Mon beau et courageux Gustave.

Nous nous sommes rencontrés au bal et il fut l'un des seuls jeunes hommes présents à échanger aussi longtemps avec moi. Mes connaissances ne l'ont pas intimidé, bien au contraire, elles l'ont stimulé. Entre chacun de nos rendez-vous, il étudiait afin de pouvoir discuter avec moi le plus longtemps possible. Il craignait que je le délaisse d'ennui. Je l'ai appris plus tard, après que nous avons partagé notre première nuit. Je pensais alors que, peut-être, ayant obtenu ce qu'il souhaitait, il ne chercherait plus à me recontacter, mais il faut croire que mon corps l'a autant charmé que mon esprit. Pour cela, je remercie ma domestique Sarah qui a eu la bonté de me détailler toutes ses connaissances sur les choses de l'amour.

À la pensée de Sarah, mon cœur se serre. Elle me manque tant et pas seulement car elle est toujours aux petits soins avec moi. Elle est aussi très intelligente pour une fille d'aussi basse naissance. Je lui ai appris à lire et à compter, il me tarde de pouvoir la retrouver et lui enseigner l'histoire et la géographie.

Tout en marchant en rond, je ne cesse de songer à cette pensée d'un peu plus tôt et caresse mon ventre alors que le bébé à l'intérieur tape plus fort. Garder le bébé. Je souris.

Non ! Je ne dois pas sourire. Je me reprends et mes lèvres se tordent dans l'autre sens. Je ne peux le garder. Que deviendrais-je ? Mes parents me renieraient, Gustave ne m'épouserait pas, ses parents refuseraient, et je finirais probablement dans le même état que cette pauvre Eugénie. Cette idée me dégoûte et me retourne l'estomac.

Puis soudain, une douleur résonne dans mon ventre. Mes mains s'agrippent d'elles-mêmes à ma robe.

Non...

J'inspire profondément et souffle doucement. Ce n'est rien. Simplement le bébé qui frappe plus fort que d'habitude. Comme tout à l'heure. Rien de plus.

— Tu as mal ? gémit Eugénie, la tête relevée vers moi.

Mes yeux glissent vers elle.

— Juste un coup de pied, lui assuré-je.

Oui. Juste un coup de pied. Je vais aller m'asseoir, marcher n'est pas une bonne idée lorsqu'on a peur d'accoucher. Les sœurs font souvent déambuler les filles ayant atteint leur terme dans le jardin du cloître. Le jour, cela ne gêne personne, mais la nuit... Oh, la nuit, le spectacle est tout à fait différent. Seules quelques lampes à huile les éclairent. Il m'est déjà arrivé de les observer alors que je pouvais encore me hisser sur la pointe des pieds pour regarder par la fenêtre – aujourd'hui, j'en suis bien incapable – et je me rappelle leurs silhouettes sombres avancer au ralenti dans les jardins derrière la pauvre malheureuse gémissante sur le point de donner naissance à l'enfant qu'elle ne sera pas autorisée à garder. Terrifiant.

Mes pensées retournent à sœur Suzanne. Pauvre femme.

Eugénie sanglote alors que je me pose sur mon lit. Si je ne la rassure pas, elle va faire de plus en plus de bruit et je n'ai pas envie que les sœurs pensent que je suis aussi sur le point d'enfanter. Sœur Caroline, lorsqu'elle n'aide pas aux accouchements, prend le tour de garde jusqu'à 22 heures. Ensuite vient Irène. C'est là que la novice ouvre la porte de ma chambre. Elle m'écoute parler pendant de longues minutes – quand je disais qu'elle avait un faible pour moi – et m'accompagne à l'extérieur du couvent afin que je rejoigne le portail.

Oui, je dois rassurer Eugénie afin de tenir les nonnes à l'écart. Elles seraient capables de me donner une nouvelle infusion. Après tout, je suis belle et issue de la haute bourgeoisie, Gustave aussi. En plus, lui est blond aux yeux bleus. Qui ne paierait pas plus cher pour un tel enfant ?

De nouveau, la douleur revient.

— Non...

Eugénie me fixe, inquiète.

— Toi aussi... gémit-elle.

Je secoue la tête. La douleur est passée.

— C'est juste une crampe de fin de grossesse.

— Tu disais que c'était un... haaa... un coup de... pied.

— Peut-être, oui. Ce n'est rien.

J'expire lentement. Mes lèvres frémissent. J'ai soudain plus chaud.

— Tu halètes, remarque Eugénie.

— Tais-toi !

Elle se fige, choquée et apeurée.

Je tente de me reprendre. Ce n'est rien. J'ai déjà eu ce genre de contractions. D'autres filles aussi, c'est normal à l'approche du terme. Pas de quoi s'inquiéter.

— Écoute... Je ne suis pas près d'accoucher. Il me reste encore une bonne semaine.

Eugénie hoche la tête avant de se rallonger sur le lit. Je l'observe. Sa couche est trempée. Elle a perdu les eaux et ne semble pas comprendre ce que cela signifie. Mais après tout, elle est seulement arrivée aujourd'hui, elle n'a pas eu le temps d'assister aux leçons des sœurs sur l'accouchement.

Elle n'en a pas pour longtemps. Elle serre son carnet sur sa poitrine, les yeux fermés et les lèvres déformées par la douleur.

— Je n'en suis qu'à sept mois et demi, avoue-t-elle, je... je pensais que j'allais rester plus longtemps. Je... J'ai dit aux sœurs que j'étais presque au terme, mais... je voulais juste trouver un endroit où être au calme avant d'accoucher. Je ne pouvais pas imaginer qu'elles feraient ça.

Une vague d'empathie me traverse soudain. Cette pauvre fille n'avait aucune idée de ce qui allait lui arriver. Les nonnes lui ont sans doute promis un lit confortable et des repas chauds. Elle aurait dû savoir que la bonté pure n'existe pas. Qui abriterait une fille sans le sou, probablement une putain, par simple charité chrétienne ? Surtout moins d'un an après la fin de la guerre contre la Prusse ?

Et maintenant, une sœur est morte.

— Ça va aller, tenté-je de la rassurer. Le médecin est là lui aussi, c'est bien, tu vois. C'est qu'un mauvais moment à passer.

Elle plisse les yeux.

— Avec ton amie, celle qui... celle qui est partie du réfectoire accompagnée...

— Josépha ? Drôle de manière d'exprimer qu'elle a été tirée de force à l'extérieur.

— Oui... Oui... Je... Vous parliez de vagues d'accouchements.

J'acquiesce, puis une nouvelle crampe me déchire le ventre. Elle est si violente que ma gorge se serre. Je ne peux plus respirer, ma vision se brouille.

— Louise ? Louise, ça va ? Hé ! Louise ?

Eugénie gémit de nouveau.

La douleur passe aussi vite qu'elle est arrivée et j'inspire à nouveau.

— Non, non, je... je ne suis pas prête. Il faut... Non...

Un bruit résonne contre la porte. Je sursaute et essuie mes larmes. Personne ne doit savoir.

Je regarde Eugénie puis la porte et prends une décision folle. Eugénie ne doit pas attirer l'attention sur notre chambre, pas avant que je sois certaine de ce qu'il se passe à l'intérieur de moi. Je saisis une des couvertures et la tire sur l'adolescente.

— Ne dis rien. Ne crie pas, ne pleure pas. Fais semblant de dormir.

J'efface avec maladresse les larmes de ses joues et ajuste la couverture sur elle.

Je retourne à mon lit, les muscles des cuisses secoués de spasmes, au moment où la porte s'entrouvre.

Sœur Caroline entre et nous observe toutes les deux tour à tour. Je lui rends son regard.

— Qu'y a-t-il ? demandé-je en tentant de masquer la vibration dans ma voix.

La nonne détourne les yeux et étudie Eugénie. Sa

bouche se plie en une moue dubitative. Elle s'approche et lui touche le front.

— Ça ne devrait pas tarder.

Puis, s'adressant à moi :

— Viens me chercher quand elle commencera le travail.

J'acquiesce et elle sort. Elle ne verrouille pas la porte derrière elle. Elle ne s'attendait pas à ce que j'aie des contractions. Elles ne m'ont pas donné l'infusion qui déclenche l'accouchement.

Eugénie tourne la tête vers moi.

— Pourquoi tu as fait ça ?

Cette fille n'est vraiment pas maline, mais est-ce étonnant quand on connaît ses origines ?

Je m'apprête à lui répondre quand un cri résonne dans le couvent. Les salles d'accouchement sont pourtant loin, mais il me semble que le cri vient de la pièce d'à côté. Il déchire l'air comme un coup de tonnerre.

Eugénie tremble.

— Cela fait si mal que ça ? s'inquiète-t-elle en plissant les yeux.

Mais quelle idiote !

— Bien sûr ! Tu as eu mal la première fois que tu es allée au lit avec un homme ? Imagine que ce qui va sortir de toi fait la taille d'une courge.

Ses yeux s'écarquillent d'effroi.

— Personne ne t'a jamais rien dit là-dessus ? m'étonné-je.

Elle secoue la tête.

— Ma mère est morte...

Elle se tait quelques secondes avant de reprendre.

— Elle est morte en me mettant au monde. Mon père m'a élevée. On est artisans, pas fermiers... On ne sait pas ces choses-là.

Voilà pourquoi elle a souhaité accoucher ici, pour avoir des soins à disposition, ainsi qu'un médecin.

Je me frotte le visage.

— Je ne savais pas quoi faire, avoue-t-elle. Je ne pouvais plus aider mon père à l'atelier. Je ne voulais pas être un poids pour lui alors qu'il a été si bon avec moi. Les sœurs ont dit que je pouvais venir au couvent. Je ne savais pas quoi faire du bébé, papa a dit que... Il a dit qu'on pourrait le garder si vraiment je ne trouvais pas de solution. Mais... Mais ce n'est pas sa faute, alors...

Je lève les yeux au ciel.

— Il aurait dû t'apprendre à ne pas coucher.

— Tu es mal placée pour me faire une remarque, grince-t-elle entre ses dents.

La douleur la rend combative, c'est la première fois que je l'entends me répondre. C'est étrange comme, d'un coup, je la respecte un peu plus.

— Tu n'as aucune idée de qui je suis et de comment je suis arrivée là, répliqué-je.

Ses mains s'agrippent à la couverture.

— Toi non plus.

Son regard est soudain plein de colère.

Vingt minutes passent et Eugénie souffre de plus en plus. Ses contractions sont de plus en plus rapprochées. Les miennes en revanche ont ralenti et sont moins fortes. Comme je le pensais, il ne s'agissait que de douleurs insignifiantes. Le bébé bouge encore. Tout va bien.

Je me mords la joue.

— Tu vas accoucher d'ici peu de temps. Je... Je vais aller chercher Caroline.

Je me lève et me dirige vers la porte.

— Attends, m'appelle Eugénie.

Je me retourne.

— Pourquoi m'as-tu cachée tout à l'heure ? Est-ce que... Est-ce qu'il y a quelque chose que tu ne me dis pas ?

Quelque chose que je ne lui dis pas ? Que je suis une sale égoïste qui craignait d'avoir été traitée comme une fille de rue ? Pourrais-je seulement avouer ces mots à voix haute ?

— Je... Je croyais que tu n'étais pas encore prête, j'ai pensé que tu aurais préféré rester ici plutôt que là-bas. C'est tout.

Eugénie fronce les sourcils, elle ne me croit pas. Elle a bien raison.

Je pose ma main sur la poignée.

— Je... Je vais la chercher. D'accord ?

Eugénie me fixe toujours, les yeux plissés, mais finalement, après quelques secondes, elle se détend.

— Très bien.

Mes lèvres s'étirent en un sourire que je souhaite rassurant et je sors de la chambre.

CHAPITRE 8

Une brise dans le couloir me rappelle que l'automne est bien installé. Je frémis. Il fait sombre, je n'y vois presque rien. L'éclat des lampes votives suffit à peine à discerner les murs de pierre.

Dehors, la pluie commence à tomber. L'impact des gouttes sur la pierre résonne partout autour moi.

Mais où est cette coincée de sœur Caroline ? La chaise sur laquelle elle patiente d'ordinaire est vide.

Les salles d'accouchement se trouvent de l'autre côté du bâtiment. Je soupire et me tourne vers la porte derrière moi. Je ne peux pas abandonner Eugénie ainsi. Ce n'est pas sa faute après tout, c'est simplement une pauvre fille qui n'a pas eu le choix.

Mes mains se posent sur mon ventre. Cette grossesse me rend décidément bien étrange, me voilà en train de plaindre cette Eugénie alors que quelques heures auparavant je jalousais sa beauté. La vue de sœur Marie-Paule en train d'abattre le cheval nous aurait-elle rapprochées ?

Je me dirige donc en silence vers les salles d'accouchement.

J'aurais dû prendre ma cape en laine. J'y penserai pour tout à l'heure lorsque je rejoindrai Gustave. Même si, je dois l'avouer, la perspective de devoir me blottir dans ses bras pour me réchauffer m'attire. Je me souviens de la fois où il m'avait prêté sa veste alors que je feignais d'avoir froid. Quel gentleman ! Oui, j'ai bien besoin de ses bras autour de moi, cette journée est cauchemardesque, vivement qu'elle soit terminée.

Mon estomac se serre alors que je songe à mon amant. Il ne m'a pas écrit. Ou peut-être l'a-t-il fait et ses parents s'en sont aperçu ? Sont-ils au courant ? Non. Il y a dû y avoir un retard dans la distribution des courriers, voilà tout.

Après plusieurs minutes de marche, je m'arrête pour calmer ma respiration. Je me sens si lourde.

Je reprends mon avancée sans croiser personne. Les Complies, ultimes prières de la journée, ont eu lieu il y a un moment. Les nonnes ont débuté leur vœu de silence nocturne et se trouvent soit dans leurs cellules respectives, soit auprès du médecin pour l'assister lors des accouchements. Elles ne parleront qu'à l'aube. À l'exception de sœur Marie-Paule et de sœur Catherine qui elles doivent communiquer pour gérer les accouchements.

Alors que je me rapproche, un cri retentit et je me fige d'effroi.

Cette voix !

Je la reconnais malgré la déformation du hurlement.

Josépha ?

J'imagine déjà la jeune femme, les jambes retenues en arrière par deux accoucheuses, tandis que le médecin ou la matrone saisit son bébé pour l'aider à sortir.

Cette image me glace le sang et je me hâte encore plus. Je ne veux pas qu'Eugénie enfante dans notre chambre. Pour moi comme pour elle, mais surtout pour moi !

Enfin, j'arrive au niveau de l'infirmerie, les salles d'accouchement se trouvent juste derrière. Je pousse la porte, mais il n'y a aucune lumière dans le couloir.

Je grimace. Mais où est Caroline ? C'est bien elle qui m'a demandé de venir la chercher ! Pense-t-elle vraiment que je n'ai que ça à faire ?

Je pénètre dans un corridor plus éclairé. Une lueur passe par une porte entrouverte. Ça sent le feu de bois et une autre odeur que je ne parviens pas à identifier.

Je ralentis en approchant de la porte et m'arrête. Par l'entrebâillement, je distingue quelque chose qui roule sur le sol. Du sang. Il y en a tellement ! Ce n'est qu'à ce moment-là que je réalise que les cris se sont tus.

Une odeur acide et métallique me bloque la respiration.

Je déglutis et recule, effrayée, mes pas résonnant dans le couloir silencieux.

Tout ce sang. Il recouvre le sol et s'écoule vers la porte. Ce n'est pas normal. On ne saigne pas autant, on ne peut pas ! Les sœurs ont assuré à mes parents que les soins qu'elles dispensent ici ne sont pas simplement les plus discrets, mais aussi les meilleurs.

Pourquoi Josépha ne crie-t-elle plus ? Ne devrait-elle pas avoir enfanté ? Le bébé ne devrait-il pas pleurer ?

Je n'entends rien. Seule ma respiration saccadée entrecoupe le silence sacré. Je plaque ma main sur ma bouche et fais demi-tour sans bruit.

Je dois retourner à ma chambre. Tant pis pour Eugénie, Caroline finira bien par repasser !

Les couloirs sont tout aussi déserts et silencieux et mes jambes sont soudain mues de plus de force et d'énergie qu'à l'aller.

Je tente de me rassurer en me rappelant ce que j'ai lu sur les accouchements. Il est tout à fait normal de saigner pendant la délivrance, après tout le placenta doit sortir, on ne peut pas le garder à l'intérieur. Certains bébés sont d'ailleurs plus gros que prévu, ils entraînent parfois des déchirures. Voilà ce qui explique le sang. Pourtant, alors que je me force à penser que ce dont je viens d'être témoin est aussi naturel qu'ordinaire, je ne peux m'empêcher de me dire que non, quelque chose ne tourne pas rond.

Jusqu'où les sœurs seront-elles prêtes à aller pour vendre un maximum de bébés ?

Le visage sans vie de sœur Suzanne s'immisce dans mes pensées.

Elles ont perdu l'une d'entre elles.

Alors que j'approche du couloir qui mène à ma chambre, je perçois des bruits de pas. Si je n'avais pas été aussi en alerte, je ne les aurais pas entendus arriver.

Je m'appuie contre le mur et sens une porte à ma droite. Je recule lentement et m'engouffre dans la pièce. Je n'y resterai que quelques instants, le temps de laisser les sœurs passer. Elles n'apprécieraient pas me savoir dehors.

Alors que je referme la porte derrière moi, je me demande pourquoi je suis en train de me cacher. Je n'ai rien fait de mal. Sœur Caroline m'a ordonné de venir la chercher si Eugénie commençait le travail, je ne fais que suivre les consignes. Toutefois, au fond de moi, quelque chose me dicte de me cacher. Un instinct primitif que je ne peux expliquer. Dans ma tête, j'entends à nouveau le hurlement de cette fille que je pense être Josépha et une nausée me prend. Elle est plus violente que celles dont j'ai d'habitude et je me plie en deux pour vomir sur le côté.

Je halète et pleure en même temps. Mon estomac n'est que douleur et du vomi pend à mes lèvres.

J'entends les sœurs avancer. Quelqu'un halète et gémit. Ce n'est pas une nonne, mais une fille en plein travail. Les sœurs l'emmènent à l'infirmerie.

Que se passe-t-il ici ? Les rumeurs seraient-elles vraies ? Les filles qui partagent les larges dortoirs se racontent des histoires le soir après le couvre-feu, des histoires sombres bien antérieures à ma venue au couvent. La première à m'en avoir parlé était Virginie, une jeune fille de vingt et un ans. Elle aussi venait d'une bonne famille, mais les chambres simples et doubles étaient toutes occupées à son arrivée, alors Virginie avait passé deux semaines avec les filles plus pauvres dans les dortoirs avant de venir partager ma chambre. Elle m'avait rapporté, tremblante, que si certains accouchements se compliquaient, les sœurs et la matrone choisissaient toujours de sauver l'enfant en priorité. Bien sûr, cela dépendait de la donation de la famille. Lorsqu'il n'y en avait pas... eh bien, les filles de la rue n'avaient qu'à espérer être de bonne constitution. Cependant, il arrivait parfois, si les futurs adoptants cherchaient un bébé en particulier, que même les mères les plus riches soient en danger.

Bien sûr, ce ne sont que des rumeurs ! Nous sommes dans un couvent, pas chez les sauvages ! Les sœurs s'occupent des autres par vocation et non pour l'appât du gain. Enfin, je tente de m'en persuader, car le doute résonne de plus en plus fort en moi. Je repense à ce cheval, aux joues creusées d'Irène, à la peau distendue de Marie-Thérèse, à sœur Suzanne.

Les dons des familles ne suffisent plus et la perte des bébés il y a plusieurs mois a coûté beaucoup à la congrégation.

Je m'essuie la bouche, puis entrouvre la porte afin de vérifier que les sœurs sont bel et bien parties. Je n'entends rien. Je plisse les yeux pour distinguer quelque chose dans la pénombre des couloirs. Rien non plus.

Je sors et reprends mon chemin vers la chambre.

Un gémissement de douleur s'élève depuis la zone des salles d'accouchement et se transforme en cri. Une autre fille. Deux en aussi peu de temps... Oh oui, les sœurs les ont déclenchées, j'en ai la preuve à présent.

Ma respiration s'accélère. Je ne parviens plus à courir depuis longtemps et même si je respire mieux depuis quelques jours, je n'ai pas retrouvé ma forme d'avant. Quand je pense que je battais mon cousin à la course... Mon corps a bien changé.

Enfin, je distingue la porte de ma chambre. Une faible lueur filtre encore dessous. Je regarde une nouvelle fois derrière moi, puis entre dans la petite pièce.

Les bougies sont presque consumées, mais leur lueur me permet tout de même de discerner Eugénie. Elle se tient debout, une main contre le mur. Du sang coule le long de ses jambes et de ses pieds nus. Elle tourne la tête vers moi, le regard implorant, sa jupe remontée dans sa main. Ses cheveux collent à son visage transpirant et ses yeux peinent à me fixer.

— Aide-moi...

— Je n'ai pas trouvé Caroline.

Eugénie gémit et retient un cri entre ses dents serrées.

Je m'approche d'elle et pose mes mains sur ses épaules pour la diriger vers son lit.

Que dois-je faire ? Pourquoi saigne-t-elle ainsi ?

— Depuis quand saignes-tu ?

— Quelques minutes, grimace Eugénie en tentant de s'asseoir.

Elle se relève presque immédiatement, la douleur défigurant ses traits.

— Quelque chose ne va pas, souffle-t-elle.

Effectivement, mais je me retiens de le lui confirmer. Que se passe-t-il ici ? Josépha, Eugénie... Deux accouchements hémorragiques ? Cela se pourrait-il ? Que mettent donc les sœurs dans leur infusion pour déclencher ainsi des accouchements ? Je n'ai jamais rien lu de tel dans tous les manuels et tous les livres de médecine en ma possession.

Eugénie n'est enceinte que de sept mois et demi... Forcer l'accouchement à ce stade de la grossesse est loin d'être naturel. L'infusion entraîne-t-elle des contractions de l'utérus ? Une ouverture du col ? Oui, cela doit être ça ! Voilà pourquoi Eugénie saigne autant. Elle n'était pas prête. Loin de là !

Alors que je me remémore les arrivées et les départs des autres filles, je remarque enfin un schéma. Je n'ai connu qu'une vague d'accouchements depuis mon arrivée, en tout cas pour laquelle j'ai été informée. Plusieurs filles ne sont pas revenues nous dire au revoir après leur séjour à l'infirmerie.

— Valérie...

Oui, Valérie n'est jamais revenue, pourtant nous nous entendions si bien... Sœur Apolline a tenté de me consoler en m'expliquant que mon amie cherchait à oublier le traumatisme de l'abandon en coupant tout lien avec le couvent. Je l'ai crue, cela m'avait paru tout à fait sensé.

Et si Valérie n'était, en réalité, jamais sortie en vie du couvent des Pascalines ?

Mes yeux glissent le long des jambes de l'adolescente jusqu'au sol où une petite flaque vermeille s'étend.

En déclenchant des accouchements prématurés, les sœurs mettent la vie des mères en danger. Eugénie leur a menti, elle est bien moins proche du terme que ce qu'elle leur avait annoncé. Elle ne devrait pas tant saigner. On dirait qu'elle est en train de faire une fausse couche.

— Tu as senti le bébé ? lui demandé-je. Après

avoir bu l'infusion ? Tu l'as senti ? Est-ce qu'il a donné des coups de pied ?

Elle réfléchit, puis hoche la tête plusieurs fois.

— Oui, oui.

Et moi ? Ai-je senti mon bébé ? Pourquoi est-ce que je m'en soucie ? Je m'étais tant préparée à l'idée de le leur laisser, de ne même pas demander son sexe ni le regarder. Je croyais ne pas me soucier de ses chances de survie.

Oui, je l'ai senti, j'en suis certaine. Je m'en souviens.

— Bien, bien, dis-je plus pour me rassurer moi-même qu'Eugénie.

La flamme d'une des bougies vacille. Elle va bientôt s'éteindre.

Je m'avance vers le bureau et ouvre un tiroir. C'était ma dernière chandelle, les sœurs ne m'en prodigueront plus. Je lis trop la nuit, je regrette à présent, j'aurais dû les économiser !

— Qu'est-ce qu'il y a ? me questionne Eugénie, de plus en plus pâle.

Je me tourne vers elle. Elle paraît sur le point de s'évanouir.

— Les sœurs ne t'auraient pas donné des chandelles, par hasard ?

Eugénie secoue la tête.

Évidemment, elles n'allaient pas lui en donner alors qu'il n'était pas prévu qu'elle reste.

— Bien, soufflé-je, bien, on va trouver une solution.

— Pourquoi est-ce que je ne peux pas aller voir l'infirmière ?

Je lève les yeux vers elle.

— Parce qu'elles vont te laisser mourir.

Les mots ont franchi mes lèvres sans que j'y réfléchisse. Je pose ma main sur ma bouche, plus surprise qu'Eugénie.

— Quoi ? Mais... Mais non...

Tout me revient à présent. Les hurlements de souffrance, l'absence de pleurs de bébé, ces filles fantômes qui ne réapparaissaient pas. Décéder en couches n'est pas rare, mais pas aussi fréquent. Quel est le ratio déjà ? Deux filles sur cent ? Trois peut-être. Nous sommes entourées des meilleurs soins, d'un médecin, d'une matrone et d'autres sœurs infirmières. Nous sommes chez les accoucheuses, la mortalité devrait être bien plus basse.

— Avec les autres filles, commencé-je à raconter, on a supposé que si les autres ne revenaient pas après leur accouchement, c'était probablement parce qu'elles étaient remises ou que leur famille était venue les chercher. Mais...

Eugénie croise mon regard et y lit ma peur.

— Mais quoi... ?

Je peine à déglutir tant ma gorge se serre.

— J'ai entendu Josépha crier tout à l'heure en allant chercher sœur Caroline.

— Mais c'est normal, ça, n'est-ce pas ? C'est complètement normal de crier quand on accouche.

— Pas comme ça. Crois-moi. J'entends des filles enfanter depuis plus de quatre mois. Ce cri... Non... Elle n'était pas juste en train d'accoucher.

Je le réalise moi-même au moment où je l'énonce à haute voix. Josépha était en train de mourir.

— Il y avait du sang par terre... beaucoup de sang. Tu... Je...

Je tremble, je peine à finir mes phrases. Que m'arrive-t-il ? Suis-je vraiment en train de m'inquiéter pour Josépha ? Pour Eugénie ? Ou pour moi aussi ? Je n'ai pas de contractions.

Eugénie s'écroule contre son lit, les mains collées sur le visage.

— Oh, Seigneur... Je suis tellement désolée. Je... Je ne voulais pas. Pardonnez-moi ! Par pitié !

Je secoue la tête et réfléchis. Prier ne nous aidera pas !

Que puis-je faire ? Les manuels racontent que si les saignements durent une fois le bébé né, alors cela peut signifier une hémorragie interne. Et là, à moins d'un miracle...

Peut-être qu'Eugénie a raison de prier, en fin de compte.

Je ne vois qu'une seule solution pour elle.

— Si tu veux mettre toutes les chances de ton côté, il ne faut pas laisser les sœurs t'accoucher.

Le visage d'Eugénie se contracte à nouveau. Je vois son ventre se déformer sous son jupon taché.

— Mais... Mais... Tu es sûre ?

Non, la vérité, c'est que je ne suis sûre de rien. Toutefois, mon instinct me dicte de ne pas rester là. Avec la perte des récoltes, le manque de moyens et la mort de sœur Suzanne, j'ai bien peur que les sœurs ne choisissent le bébé au détriment d'Eugénie.

Mon visage doit laisser s'exprimer mon doute, car Eugénie détourne le regard vers la porte.

— Tu n'es pas... haaa... gentille avec moi depuis que... que je suis arrivée, geint-elle. Pourquoi te croirais-je ?

Je me mords la lèvre. Elle a raison.

— Tu es prête à prendre le risque ? lui demandé-je. Tu as vu les filles tout à l'heure, elles avaient peur de boire l'infusion. Toutes. Ce n'est pas que moi.

Je m'arrête, le temps de réfléchir à une solution.

— Voilà ce qu'on va faire, lui indiqué-je. On va sortir d'ici, dénicher une pièce tranquille où se cacher jusqu'à 23 heures, puis nous irons au portail.

— Pourquoi ?

— Mon amant m'y retrouve un lundi sur deux. Il nous ramènera en ville. Avec un peu de chance, ton travail ne sera pas terminé. C'est ton premier bébé, ça va durer longtemps. On devrait réussir à tenir jusqu'à

Paris. Là, on te trouvera un vrai médecin, mon père paiera. Lui ou Gustave.

— Gustave ?

— Mon amant.

Elle ne comprend rien, décidément... Pourquoi est-ce que je prends tous ces risques pour elle ?

Parce que je ne peux pas l'abandonner ici, seule. Je ne peux tout simplement pas.

Eugénie acquiesce et saisit son carnet sur le lit.

— Laisse ça, lui ordonné-je.

— Non !

Je serre les dents et me retourne vers la porte. Pourvu que personne ne l'ait entendue crier.

— Mais tu es sotte ! Tu veux attirer l'attention ?

Des bruits de pas.

Quelqu'un avance dans le couloir. Je grimace. Eugénie halète et se tend sous le coup d'une nouvelle contraction. Ses doigts s'agrippent aux draps.

La porte s'ouvre derrière moi et me percute dans le dos. Le souffle du vent qui pénètre dans la chambre fait vaciller les flammes des bougies.

— Pourquoi ne m'as-tu pas fait appeler ?!

Je me retourne vers sœur Caroline. Plusieurs gouttes vermeilles constellent son serre-tête blanc. Ses doigts sont rougis, mais semblent avoir été lavés. A-t-elle touché du sang ? Pour avoir la peau aussi rouge, elle doit en avoir eu les mains recouvertes. Je cherche à distinguer des taches sombres sur les manches noires de son habit, mais le manque de luminosité m'en empêche. Une odeur étrange émane d'elle. Je ne peux l'identifier, mais elle ressemble de manière très effrayante à celle que j'ai sentie dans le couloir de l'infirmerie un peu plus tôt.

— C'est ce que j'ai fait, répliqué-je en espérant cacher le tremblement de ma voix, mais il n'y avait personne !

Caroline se penche vers Eugénie qui peine à articuler ses mots et la force à s'allonger. L'adolescente gémit, mais Caroline n'en a que faire. Elle soulève sa jupe sans préambule.

Quant à moi, je recule, terrifiée.

J'avais prévenu Eugénie, je lui ai proposé de me suivre. Pour aller où ? Je n'en ai aucune idée, mais je lui ai offert un choix. Elle a crié... Elle nous a fait perdre cette opportunité.

Peut-être ai-je été médisante ? Les sœurs ne sont peut-être pas aussi cruelles que je le pense. La grossesse m'a rendue très émotive. J'ai changé, je le sais.

Caroline passe sa main entre les jambes d'Eugénie qui se relève sur les avant-bras, affolée.

— Mais qu'est-ce que... haaa... Aïe ! Arrêtez !

Sœur Caroline vient d'enfoncer plusieurs doigts dans le vagin d'Eugénie. C'est la première fois que je vois le sexe d'une autre femme. Ses poils clairs sont recouverts de sang et d'une autre substance gluante. Peut-être le liquide qui se trouve dans le placenta. Je trouve cette vision terrifiante alors que j'entrevois ce qui va m'arriver dans très peu de temps.

— J'espère que tu n'as pas poussé, grince la sœur, tu n'es pas encore assez dilatée. Bientôt. Allez, lève-toi !

Sœur Caroline retire sa main avec autant de tact que lorsqu'elle l'a insérée, c'est-à-dire aucun, et s'essuie sur sa jupe austère.

Je reste hébétée, muette. Moi qui ai toujours un avis à donner, je me retrouve pour la première fois sans voix.

— Debout, insiste Caroline. Le docteur est occupé, mais il passera te voir après. C'est ton premier, n'est-ce pas ?

Eugénie rabat sa jupe sur ses jambes tremblantes tandis que je recule contre le mur. Elle acquiesce, les joues baignées de larmes.

— Ça va prendre un peu de temps, mais d'ici le matin tu auras accouché.

Évidemment. C'est au petit matin que les sœurs présentent les bébés aux adoptants. Eugénie aura accouché parce qu'elles l'y auront forcée. Que vont-elles lui faire ? Lui donner une autre infusion ? Appuyer sur son ventre ?

J'ai envie de l'aider, de crier à sœur Caroline d'être plus douce, moins cruelle, mais mes lèvres restent closes.

Mes mains se posent sur la surface dure et glaciale du mur et s'y accrochent de toutes leurs forces.

Je suis tétanisée de peur. Mon cœur bat si fort que je le crois capable de s'échapper de ma cage thoracique. Jamais encore une émotion ne m'a paralysée de la sorte.

Les sœurs vont-elles se comporter ainsi avec moi aussi ? Je ne veux pas les doigts couverts de sang de Caroline en moi. Je veux... Je veux ma mère, mon père, mes amis... Je veux Gustave qui tiendrait ma main, la douceur de mes draps chauffés en avance par Sarah, notre domestique, la senteur d'un bouquet de fleurs fraîches près de moi. Pas celle de l'encens et de la poussière. La maison. Oui, voilà, je veux ma maison.

Caroline saisit Eugénie par le bras et l'aide à se relever. Elle ne la bouscule pas, mais je vois bien qu'il n'y a aucune douceur dans son geste, aucune empathie non plus. Elle observe Eugénie comme ces marchands qui vendent leur bétail au marché, plus inquiets pour la somme qu'ils vont pouvoir en tirer que pour leur bien-être.

Elles en sont rendues là. À considérer leurs pensionnaires comme des investissements financiers.

Et si Eugénie n'accouche pas avant le lever du soleil, que lui arrivera-t-il ?

L'adolescente vacille et manque de tomber. Caroline la rattrape de mouvements fermes et lui saisit le menton.

— Un petit effort. Pense au bébé.

Je frémis.

Voilà donc tout ce qui les intéresse. Les bébés. Leur marchandise.

Sœur Caroline accompagne Eugénie dans le couloir et je m'avance. Le petit lit est trempé et du sang parsème les draps. L'odeur qui s'en dégage me donne la nausée.

— Attendez ! parviens-je enfin à prononcer. Vous n'allez pas laisser ça comme ça, pas vrai ?

Caroline me fixe, ses yeux glissent vers la paillasse puis reviennent vers moi. Elle secoue la tête, les lèvres pincées.

— Tu survivras.

C'est presque comme si je pouvais entendre l'insulte poindre à ses lèvres. Je l'imagine bien me lâcher un « princesse » ou un « Madame la Marquise ».

La porte se referme d'un coup sec. Je m'approche alors que résonne le déclic si reconnaissable de la clef qui verrouille la serrure.

Non…

Je tente d'ouvrir, mais rien à faire. La porte ne bouge pas d'un centimètre.

Je suis de nouveau enfermée.

CHAPITRE 9

Je reste ainsi longtemps, incapable de bouger et d'appeler à l'aide.

Mais à l'aide pour quoi ?

Je ferme les yeux et revois la porte de la salle d'accouchement entrebâillée et le sang qui se répand sur le sol. Il y en avait tant. Puis les mains de sœur Caroline me reviennent en mémoire. Il n'y a aucun doute, elles étaient recouvertes de sang et la sœur avait tenté de les nettoyer. En vain.

Je suis certaine d'avoir entendu Josépha hurler.

Depuis que la sœur a emmené Eugénie, d'autres cris ont traversé les murs du couvent. Au moins trois filles sont en train d'accoucher. Lorsque les hurlements cessent, je ferme les yeux et me concentre. Je perçois le vent qui s'infiltre dans les branches des arbres ainsi que la pluie qui s'abat sur la campagne, un objet en métal qui cogne contre un autre, le murmure d'une brise qui s'infiltre dans les couloirs. Je rouvre les yeux et tends les mains vers la petite fenêtre qui donne sur le cloître au-dessus de ma tête. Je tente de me hisser, mais échoue. Je suis trop lourde, je ne parviens pas à m'approcher avec mon ventre.

Je baisse les yeux dessus. Mon ventre. Mon bébé. Gustave. Je soupire, puis essuie mes larmes du dos de ma main. Dans mon coffre, je trouve la montre en forme de cœur que m'a offerte mon père pour mon seizième anniversaire et me félicite de l'avoir remontée récemment.

Une douleur aiguë me traverse le ventre. Je grimace et ne parviens plus à respirer. La contraction disparaît aussi vite qu'elle est apparue. Je reprends mes esprits et décide d'aller m'allonger.

Il est désormais plus de 22 heures, presque 23 heures. Où est Irène ?

Je dois parler à Gustave. Peut-être même repartir avec lui. Je ne peux accoucher dans cet endroit sinistre. Hors de question ! Je préfère encore enfanter à l'arrière d'une calèche.

Mon regard se pose sur le lit d'Eugénie. Pauvre fille. Que va-t-il lui arriver ?

Un objet sombre et pointu attire mon attention sous son coussin. Je m'approche, grimace alors qu'une autre douleur résonne dans mon ventre et me contorsionne pour l'attraper.

Le carnet d'Eugénie. Elle ne voulait pas partir sans.

J'imagine que la venue surprise de sœur Caroline l'aura assez perturbée pour qu'elle oublie de l'emporter avec elle.

Je n'hésite pas longtemps. Je dois trouver une occupation pour ne pas compter les secondes avant l'ouverture de la porte de ma chambre.

Je retourne sur mon lit et m'assieds. Puis, j'ouvre le carnet et cherche les dernières pages. Des ébauches de lettres à moitié raturées se succèdent, tracées d'une écriture malhabile, pleines de fautes d'orthographe et principalement retranscrites de manière phonétique. Eugénie sait à peine écrire.

Papa,

Je suis tellement désolée de t'avoir fait vivre tout cela. Oncle Norbert a raison, tout est ma faute, je n'aurais jamais dû rentrer à la maison aussi tard. Je ne pensais pas que l'on me suivrait. Je n'ai pas voulu cela, papa. Je sais que tu le sais, mais je tiens à te l'exprimer une nouvelle fois. Ma gratitude à ton égard est sans fin. Je suis la fille la plus chanceuse du monde.

Merci de m'avoir protégée. Merci d'avoir toujours pris soin de moi. Je me sens si coupable que tu sois devenu un meurtrier pour venger mon honneur. Savoir cet homme mort ne m'apaise pourtant pas autant que je l'aurais cru. Moi qui étais si naïve, j'en viens à douter de tout et de tout le monde. J'ai peur à chaque fois que je sors dans la rue, même en plein jour. Je crains que l'on me force à nouveau. Tu es le seul homme en qui j'ai confiance à présent.

Les sœurs du couvent des Pascalines m'ont offert une place pour accoucher chez elles, entourée de personnes compétentes. En échange, elles trouveront une famille pour le bébé. Je sais que je ne suis pas proche de la fin de ma grossesse, mais je fatigue. Je ne parviens plus à t'aider autant que je le devrais et je ne peux concevoir d'être une gêne pour toi. Je sais que tu ne diras jamais rien, mais je vois bien que toi aussi tu peines à terminer tes journées. Je me retire donc quelque temps. Je te reviendrai en pleine forme, prête à t'aider de nouveau à l'atelier. Et qui sait, peut-être que l'ambiance du couvent me permettra de retrouver la paix et la confiance qui m'ont été arrachées.

Je pense fort à toi.
Eugénie

Je referme le cahier.

Eugénie a été violée.

Ma gorge se serre. Je me suis montrée si injuste avec elle. Elle n'a pas batifolé avec le premier paysan venu dans une grange, non, elle a été agressée et de cet abominable acte a résulté un enfant.

Le carnet tombe sur le sol et je me tourne vers la porte. Cette pauvre fille s'est réfugiée au couvent dans l'espoir de finir sa grossesse en paix et va à présent accoucher seule entourée de personnes qui ne veulent pas son bien.

Le sang sur les dalles de pierre me rappelle que cet accouchement ne se fera pas sans douleur.

Mes cuisses m'élancent. Je souffle doucement pour faire passer la douleur. Je me lève dans l'espoir que les crampes cessent et prends appui sur le mur près de moi.

Alors que je me remets complètement debout, je sens quelque chose de chaud rouler le long de mes jambes. Un flot lent, mais continu, comme si je m'urinais dessus. Sauf que cette sensation, je la connais et ce n'est pas la même du tout.

Non...

Ma respiration s'accélère alors que je baisse lentement la tête. Je ne parviens plus à distinguer mes pieds depuis plusieurs semaines, je me décale donc d'un pas sur le côté. Une petite flaque de liquide légèrement verdâtre s'étend sur le sol.

— Non, non...

Je ne peux pas avoir perdu les eaux. Les sœurs ne m'ont pas donné l'infusion qu'elles destinent à celles qu'elles souhaitent faire accoucher. Sœur Caroline me déteste, mais jamais elle n'aurait pris un risque pour le bébé. Si elle avait pensé que j'étais prête à accoucher, elle m'aurait emmenée moi aussi.

Je plaque mes mains sur mon entrejambe et me

demande ce que je cherche bien à faire ainsi. Éponger les eaux ne va pas me les rendre.

Je n'ai eu que quelques contractions, rien d'anormal en fin de grossesse.

Je repense au sang qui s'écoulait sur le sol de la salle d'accouchement. La peur, oui, voilà. J'ai eu peur. Si je n'étais pas en travail avant cela...

Une douleur irradiante part du bas de mon dos vers l'avant de mon ventre. J'ai envie de me plier en deux, mais je ne peux pas. Mes jambes se raidissent, je ne peux plus avancer. Une seule pensée m'anime : me cacher dans un coin et attendre. Mais attendre quoi ? La délivrance ?

J'ai besoin d'aide. Je n'arriverai pas à accoucher seule. Sœur Caroline doit revenir. Je n'ai pas le choix.

Repense au sang, me dicte une voix.

Le sang de Josépha ?

Je sanglote. Je n'ai pas le choix. J'ai lu assez d'ouvrages, entendu assez de témoignages pour savoir ce qu'il se passera si le bébé ne se présente pas bien. Quelqu'un doit être présent.

Je frappe mon poing contre la porte en bois.

— Ouvrez... Haaa... Ouvrez-moi...

Mon appel n'est qu'un souffle, j'ai la gorge si serrée que presque aucun son n'en sort. Toute l'énergie de mon corps descend dans mon ventre. Je glisse et tombe à genoux. Mes mains rattrapent de justesse ma chute et me préservent de m'écraser le front sur le sol glacé.

Personne ne vient.

Je frappe plus fort.

Toujours personne.

Je relève la tête. Mon coffre. Je me traîne jusqu'à lui et l'ouvre. J'enfonce ma main au milieu des robes dans lesquelles je ne rentre plus, celle que je porte est la seule que je parviens encore à enfiler. Je décale plusieurs lettres d'amour de Gustave et cherche à tâtons ma broche.

Enfant, je partais en vacances l'été chez ma tante à la campagne, ma cousine et moi jouions souvent à enquêter sur des mystères imaginaires dans le grenier. Une fois, nous nous y étions enfermées par mégarde. Émeline, ma cousine, avait crocheté la serrure à l'aide d'un coupe-papier. Je n'ai pas ce genre d'objet en ma possession, mais l'une de mes broches est assez fine et allongée pour pouvoir entrer par la serrure.

Je la sens enfin sous mes doigts.

Si je parviens à activer le mécanisme, je pourrai ouvrir la porte, appeler à l'aide, me rendre à l'infirmerie.

J'approche la broche de la porte, les mains tremblantes. Une nouvelle contraction arrive. Je crie et lâche le bijou qui rebondit sur le sol. Mon poing frappe de nouveau la porte.

— Ouvrez-moi... Pitié...

J'ai l'impression que je vais exploser. La douleur ne passe pas, pourtant j'inspire et j'expire comme les sœurs nous l'ont enseigné.

Dois-je pousser ? Ou pas encore ? Comment savoir si c'est le moment ? Si je pousse trop tôt, je ralentirai le travail, je risquerai la vie du bébé et la mienne, l'accouchement sera plus difficile.

Je frappe de nouveau contre la porte et appuie mon front transpirant dessus.

— Par pitié...

Un éclat lumineux attire mon attention. La broche. La lumière de la bougie se reflète sur la surface dorée.

Je tends la main et serre mes doigts autour. Je l'approche de la serrure et l'insère à l'intérieur. Je ne sais pas ce que je suis en train de faire.

Soudain, le bijou est éjecté et tombe sur mon épaule avant de choir au sol. Le son distinctif d'une clef qu'on tourne dans la serrure me donne une bouffée d'espoir.

La porte s'ouvre enfin et me bouscule.

CHAPITRE 10

Je recule et prends appui contre le montant de mon lit. Une silhouette familière apparaît dans la faible lueur des bougies. Des chaussures noires austères, un habit bleu clair. Ce visage ingrat, mais empli de douceur.

Irène.

La novice me fixe quelques instants, choquée, puis la surprise la quitte pour être immédiatement remplacée par de l'inquiétude.

Elle tend ses mains vers moi pour m'aider à me relever et m'interroge du regard. Je lui réponds, mais le son qui sort de ma gorge ressemble plus à un grincement qu'à une voix :

— Ça a commencé.

Irène m'aide à enfiler ma cape en laine, y rajoute la broche dorée qu'elle a ramassée, puis me fait sortir de la chambre.

Je la suis dans le couloir, soulagée de pouvoir

prendre appui sur quelqu'un. Mes jambes flageolent comme celles d'un faon à peine né. Je ne sais pas si je pourrai atteindre les salles d'accouchement sans devoir prendre de pause.

Irène me serre fort contre elle en silence. Elle ne brisera pas ses vœux, pourtant j'ai des questions qui méritent des réponses.

Je gémis et m'arrête. La douleur est partie. Je respire enfin de nouveau.

— Pourquoi tu n'es pas venue m'ouvrir à 22 heures ?

Je ne m'étais jamais rendu compte auparavant que parler nécessitait autant d'énergie. J'ai envie de m'allonger et de dormir.

Irène m'observe, inquiète.

— Quoi ? grogné-je.

Elle ne me répond toujours pas.

Je pose mes mains sur mon ventre. Je n'ose regarder en arrière, nous n'avons même pas atteint le bout du couloir. À ce rythme-là, j'aurai le temps d'accoucher et de me remettre avant d'arriver.

Irène baisse les yeux et me tire le bras. Je la retiens d'un geste ferme.

— Pourquoi es-tu venue m'ouvrir aussi tard ? la questionné-je.

Son souffle tremble et elle regarde autour d'elle. Elle hésite à parler, mais se retient. Maudit vœu de silence ! Elle me pointe son cœur, puis secoue la tête.

— Quoi ? Je ne comprends pas, Irène. Parle !

Elle s'y refuse et me pousse à avancer. Je la suis sur une dizaine de mètres, puis je dois de nouveau prendre une pause. Une nouvelle contraction. Celle-ci passe plus rapidement que les autres et je me remets en marche.

Quel comble, pensé-je, de devoir retourner aux salles d'accouchement après m'y être rendue si peu de temps auparavant.

Un hurlement retentit dans l'obscurité des couloirs à peine éclairés et je perçois enfin le froid glacial me submerger. Ma cape ne suffit pas à me réchauffer.

L'écho de la pluie tambourinant sur les toits résonne dans tout le bâtiment.

— Josépha… Eugénie…

Irène m'encourage d'un signe de tête à la suivre. Elle me sourit et ce geste me réconforte. Elle est si bonne, assurément elle ne m'entraîne pas dans un piège. Le sang que j'ai aperçu plus tôt… Oui, tout était bien normal. Cela arrive.

Il nous faut nous arrêter plusieurs fois avant de rejoindre le couloir des salles d'accouchement et de l'infirmerie. Il fait plus chaud ici, toutes les cheminées doivent être allumées. Les cris sont plus nombreux et différents. Plusieurs bébés pleurent. J'en distingue au moins deux. Je suis rassurée.

Irène m'indique d'attendre et se dirige vers une

porte ouverte. Je m'appuie au mur et regarde Irène s'enfoncer dans la première pièce éclairée de la lueur rouge orangé du feu.

Un bruit sourd me fait hausser un sourcil. Qu'est-ce que c'était ?

Je patiente plusieurs secondes, mais personne ne vient.

Que pensent-elles ? Que je peux me permettre d'attendre ?

J'inspire profondément pour me donner de la force et me dirige à mon tour vers la porte. Lorsque j'en parlerai à mon père, il leur fera la pire des réputations possibles. Adieu le soutien des puissants, elles devront se contenter des filles de rue et de joie. Des filles comme Eugénie.

Eugénie... Où est-elle ? Est-ce qu'elle va bien ? Elle était si mal en point, elle saignait. Je vais demander à Irène d'aller se renseigner pour moi. Et pour Josépha aussi.

Je repousse la porte à mon tour et entre, bien décidée à m'indigner d'un tel traitement, mais aucun son ne passe mes lèvres alors que je pose les yeux sur le corps évanoui d'Irène au sol.

Je relève la tête.

Au milieu de la pièce, seulement éclairée par la cheminée et un large candélabre dans le fond, une silhouette dénudée est allongée sur la table d'accouchement, le ventre grand ouvert, les jambes et les bras encore sanglés. Ses intestins débordent sur son sexe béant et du sang s'écoule sur le sol, formant des flaques sombres. Ses yeux sans vie fixent la cheminée.

L'odeur du sang et des entrailles se mêle à celle du feu. Une bûche crépite et roule sur les autres.

Je frémis. Que suis-je en train de regarder ? Cette femme... Son ventre... Je distingue ses boyaux, et là... Oui, c'est un rein, j'en suis certaine. Je les ai bien étudiés dans les manuels, c'est un rein. La lueur du feu se reflète sur son arrondi ensanglanté.

Je ne rêve pas. Tout ceci est bien réel. Mes yeux glissent vers le sol où plusieurs outils ont été abandonnés au milieu des flaques de sang. Parmi eux, une paire de pinces, des forceps et, sous la table, quelque chose de plat et d'écrasé... Le placenta.

La surprise est si forte que je n'arrive pas à avoir la nausée. J'ai l'impression de contempler l'une des images de mes manuels, sauf que celle-ci est bien plus détaillée. Elle sent, elle rougeoie. Elle vit.

Cette fille. Je l'ai déjà vue. Elle faisait partie des arrivantes de la semaine passée. Jeune, peut-être dix-huit ans, mais pas plus vieille, des cheveux clairs, des yeux verts pétillants. Elle avait l'air d'avoir une bonne constitution.

Mélinda. Oui, voilà, son nom est Mélinda... Enfin, *était*...

Mon souffle brûle ma gorge, je n'avais pas réalisé que j'avais cessé de respirer.

Il n'y a personne d'autre dans la pièce. La pauvre fille est morte. Ils l'ont ouverte en deux pour extirper son bébé. Les rumeurs se révèlent donc exactes ! Cette fille n'était pas une putain ni même une simple fille d'artisan comme Eugénie, non. C'était la fille d'un juge. Elle ne devait pas succomber. Que s'est-il passé ? Les sœurs ont-elles eu peur pour la survie du bébé ?

Je pose ma main sur ma bouche. La réalité me frappe enfin. Je ne fais pas face à une image de manuel ! Je pensais que mes incalculables lectures de livres d'anatomie m'auraient préparée à un tel spectacle. Il se trouve qu'en vérité, rien ne le peut.

Un faible gémissement me sort de ma torpeur.

Mes yeux glissent vers une bassine en bois dans l'angle derrière la cheminée. Je ne l'avais pas vue dans le recoin sombre. Mes pieds avancent d'eux-mêmes, je ne peux les en empêcher. Je lance un regard apeuré en arrière et prie pour ne pas avoir une nouvelle contraction.

Encore quelques mètres.

Plus qu'un.

Je baisse les yeux vers la bassine.

Un bébé. Il est en vie. Sa respiration est saccadée et douloureuse et il se tient bizarrement, mais il vit ! Le cordon ombilical n'a pas été soigneusement sectionné, il pend à côté de lui.

Je tends les bras en avant pour le saisir, mais ne suis pas capable de me pencher. Je m'agrippe au montant de la cheminée. J'y suis presque. Mes doigts frôlent la peau recouverte de sang du nouveau-né et alors que je me rapproche assez pour pouvoir l'attraper, la raison de sa présence ici me saute aux yeux.

Sa peau est grise et une masse de cheveux noirs crépus recouvre le haut de sa tête.

Un enfant métis.

La stupeur me coupe la respiration. Les sœurs le laisseraient-elles vraiment périr en raison de la couleur de sa peau ?

Je jette un œil au corps de Mélinda sur la table, son visage est tourné vers moi. Ce n'était pas la cheminée qu'elle fixait au moment de sa mort, mais cette bassine. Elle a vu les sœurs lui extraire son enfant de force du ventre, tout cela pour le jeter tel un déchet.

Enfin, je suis enfin assez près pour atteindre le bébé. Je me tourne vers lui. C'est un garçon. Un petit garçon...

— Ça va aller...

Il est si petit, si fragile. Son innocence me percute avec la violence d'un orage. Je ne peux l'abandonner là. Je trouverai une solution. Quoi ? Comment ? Je n'en ai aucune idée, mais je ne peux laisser un être aussi petit, aussi innocent ainsi. Non. Impossible !

Je glisse ma main sous le haut de son dos et de sa nuque, mais alors que je m'apprête à le remonter vers moi, je sens quelque chose craquer contre ma main. Il gémit, se tend... et puis plus rien.

Sa colonne vertébrale est brisée.

— Non... Non... Non...

Je le remue doucement... Rien ne se passe. Il ne bouge plus.

— Allez... Allez... Respire... Il faut respirer.

Je le remue un peu plus fort, alors que l'angle étrange de son dos m'indique qu'il est inutile de s'acharner.

Je rapproche mes doigts ensanglantés de son visage et cherche un souffle... Rien.

La réalité me rattrape.

Les sœurs ne l'ont pas posé dans la bassine, elles l'y ont jeté. L'enfant vient de mourir contre ma main. Cet être n'aura connu que rejet et souffrance.

Je me redresse, des larmes roulant sur mes joues, et une nouvelle crampe m'élance dans le bas du dos. Je recule d'un pas et mon pied glisse sur le sang au sol. Je bascule en arrière et heurte la table d'accouchement. Je me retiens au bras de Mélinda et manque de justesse de m'effondrer au sol.

Le corps sans vie de la jeune femme tangue vers moi et je m'agrippe à la table pour rester debout. La douleur me coupe la respiration et j'ai l'impression de suffoquer. Mes yeux se ferment jusqu'à ce qu'enfin je puisse inspirer à nouveau.

Je rouvre les yeux.

Le visage de Mélinda ne se trouve qu'à quelques centimètres du mien. Ses yeux vitreux me fixent.

Je hoquette et m'éloigne de la table en reculant sans la quitter du regard.

— Je suis... désolée, bafouillé-je. Je... Pas pu le sauver... Il...

Mon regard glisse jusqu'à la bassine.

— Pardon...

Je dois partir d'ici. Je dois m'enfuir avant que les sœurs ne se rendent compte que j'ai découvert leur secret.

Tous les bébés ne sont pas bons à vendre.

CHAPITRE 11

Irène ne se réveille pas. Un mince filet de sang coule sous sa tête, mais son cœur bat. Elle aura une sacrée migraine en revenant à elle, mais qu'importe. Je ne peux me permettre de l'attendre.

Je suis perdue, je n'ai aucune idée de l'heure qu'il est et les douleurs sont de plus en plus fortes et rapprochées.

Pourtant, je ne perds pas espoir. Gustave doit être en chemin, voire presque arrivé. Il est peut-être même déjà devant le portail.

Je me tourne une dernière fois vers le corps de Mélinda et frémit. Je regarde la bassine en bois. Un petit pied dépasse.

Il est trop tard pour elle, pour lui. Pas encore pour moi.

Des filles accouchent dans plusieurs salles. Leurs

cris résonnent de toutes parts lorsque je sors dans le couloir.

Je m'appuie contre le mur pour avancer et réalise que je laisse une empreinte sanglante derrière moi. Au vu des taches et autres gouttes sur le sol, je doute que les sœurs comprennent qu'une de leurs pensionnaires se balade dans cette aile, mais je dois me montrer plus prudente.

Mes vêtements sont tachés, le bas de ma jupe complètement imbibé de sang.

Les crampes reviennent, c'est comme si on m'enfonçait des poignards dans le dos et le ventre, mais la peur m'anime d'une énergie nouvelle. Je dois partir d'ici !

J'entends des voix.

— Poussez ! Mais voyons, poussez ! Allez ! Il ne va pas sortir tout seul ! Mettez-y du vôtre !

Je m'arrête devant une porte fermée. Le médecin. Il est ici, dans cette pièce. Je regarde derrière moi. Toujours personne. Les sœurs sont bien trop occupées, plusieurs filles accouchent en même temps.

Je déglutis. Il n'y avait pas autant de morts pendant les accouchements avant la venue du médecin. C'est ce que les filles racontent. Les sœurs l'auraient-elles engagé pour ses connaissances en chirurgie ? Pour extraire les bébés de force ?

— Je peux plus ! geint une voix familière.

Josépha. Elle est donc encore en vie ! Ce n'était pas

elle que j'ai entendue plus tôt. Cela devait être Mélinda.

— Bien sûr que si ! gronde le médecin. Poussez !

Seul un sanglot lui répond.

— Ma sœur, passez-moi les forceps !

La peur me traverse de nouveau.

Je dois partir d'ici !

Je dois partir d'ici !

Je dois partir d'ici !

— Non ! Arrêtez ! hurle Josépha.

— Scalpel !

Je m'enfuis le plus vite possible. Je ne sais pas où mène ce couloir, mais je ne peux revenir en arrière et repasser devant la porte de la pièce où Mélinda a été charcutée. Non. Impossible. Je ne peux pas affronter la vue de mon potentiel futur une nouvelle fois !

J'avance donc sans réellement savoir où je vais, priant Marie pour la première fois de ma vie de me venir en aide, mes lèvres psalmodiant cette litanie tout bas.

— Sainte Marie, pleine de grâce, le Seigneur est avec vous... Vous... Vous qui êtes mère... Aidez-moi !

Je jette un regard en arrière et me fige. Au bout du couloir, je devine la silhouette d'une sœur. Elle me fixe, les bras croisés dans les larges manches de son habit sombre. Je ne parviens pas à voir son visage. Je ne reconnais pas Caroline ni Marie-Paule...

Nous nous observons pendant ce qui me paraît

être des minutes entières, mais qui ne peut en réalité qu'être l'espace de quelques secondes.

Je ne bouge pas.

Elle ne bouge pas.

Les cris des filles en train d'accoucher, eux, continuent.

L'idée même de respirer me semble irréaliste dans cette situation.

Elle ne bouge toujours pas. M'a-t-elle seulement vue ? Que va-t-elle penser ? Je suis recouverte de sang et ne suis pas blessée, nul besoin d'être un génie pour saisir que je suis tombée sur le corps de Mélinda et de son bébé.

Je pourrais la rejoindre, lui demander de m'aider à accoucher. Elle pourrait comprendre que je cherchais simplement du soutien, ce qui était le cas. Toutefois, alors que je m'apprête à renoncer, l'image du bébé mort dans cette bassine me rappelle que je suis en danger. Nous le sommes toutes.

Je ne peux prendre ce risque. Je suis assez intelligente pour savoir que les sœurs ne me laisseront pas repartir. Elles me détestent, je leur ai donné l'occasion et l'excuse parfaites pour se débarrasser de moi.

Je recule donc, lentement, sans quitter la sœur des yeux.

Je fais un pas en arrière, elle en fait un en avant. La respiration saccadée, je déglutis avec difficulté et douleur.

J'accélère, me retourne et tente de courir.

Je n'ai pas mal, je n'ai pas mal, me répété-je pour me convaincre.

Je ne cours pas. Je n'y arrive pas. Au mieux, je trottine.

Je regarde dans le couloir. La sœur n'est plus là. Elle a disparu et son absence me terrifie encore plus que sa présence.

Est-elle allée chercher de l'aide ?

Que vont-elles me faire ?

Je secoue la tête afin de me sortir ces idées sombres de l'esprit.

Trouver la sortie. Oui, voilà, je dois espérer. Gustave m'attendra au portail à 23 heures.

Je dois me hâter !

CHAPITRE 12

J'arrive devant la porte de l'infirmerie.

Devrais-je entrer ? Que vais-je trouver derrière ?

La douleur m'élance de nouveau. Je n'ai pas le choix. Si je traverse cette salle et que je tourne vers la droite dans le couloir, je tomberai sur la sortie de l'aile ouest. Je me trouverai à l'opposé du portail, mais il vaut mieux cela que de prendre le risque de retraverser tout le couvent.

Je pénètre dans la pièce. Ici, l'obscurité règne presque autant que dans le corridor, seules quelques bougies éclairent les lits séparés par des panneaux de bois.

J'avance le plus silencieusement possible. Une odeur de transpiration et de crasse me monte au nez. Depuis combien de temps les draps n'ont-ils pas été changés ? Est-ce que cela aussi, les sœurs n'en ont plus les moyens ?

Aucune nonne à l'horizon, mais j'entends des respirations. Je ne suis pas seule. Plusieurs filles patientent que leur tour vienne d'accoucher. Je ne peux m'empêcher de chercher la masse de cheveux blonds d'Eugénie dépasser des couettes à chaque fois que je passe devant un lit.

Où est-elle ? Sœur Caroline assurait qu'elle n'était pas prête, qu'elle ne devait pas encore pousser. Un premier accouchement prend du temps.

Mes mains s'agrippent au tissu de ma robe sur mon ventre. Oui, pour moi aussi, le travail va être long. Les contractions ont beau être de plus en plus proches et douloureuses, je sais que la naissance n'est pas pour tout de suite. Raison de plus pour partir et rejoindre Gustave au portail. J'enfanterai sur le bord de la route s'il le faut !

Je cherche ma montre dans ma poche et réalise que je l'ai laissée sur mon lit. Je n'ai aucun moyen de connaître l'heure. Qu'importe si je suis en retard, Gustave m'attendra, il l'a déjà fait.

J'ai parcouru la moitié de la salle et entrevois la porte opposée quand une petite voix m'interpelle.

— Louise...

Je me tourne vers la droite et aperçois enfin le visage d'Eugénie. Allongée sous une couverture crasseuse, elle s'est relevée sur les avant-bras en me reconnaissant. Sur la table près de son lit, une tasse repose, vide. On lui a donné une nouvelle infusion.

Je scrute qu'aucune sœur n'arrive, m'avance vers la jeune femme et lui tends la main.

— Faut pas rester là.

Le regard de Mélinda me hante. Son bébé. Son ventre...

Eugénie n'hésite pas et de suite ses doigts enserrent les miens. Que s'est-il passé depuis que Caroline l'a emmenée pour qu'elle ne me questionne plus sur mes motivations ?

Je l'aide à se relever. Elle porte à présent une vieille robe de pyjama aux manches larges. Malgré la pénombre, je distingue des taches sombres à plusieurs endroits.

Je lui demande :

— Comment tu te sens ? Tu peux marcher ?

Elle acquiesce de plusieurs gestes de tête, mais son visage trahit sa fatigue.

Je serre sa main dans la mienne et cherche une paire de chaussures des yeux. Pieds nus, elle n'ira pas loin. Il faut trouver de quoi la couvrir aussi.

Au même moment, nous entendons la porte grincer. Eugénie et moi nous regardons et je lui indique de rester silencieuse. Elle acquiesce, la mâchoire serrée, et ferme les yeux. Une nouvelle contraction. Elle ne doit pas crier, nous nous ferions repérer.

Nous reculons derrière le panneau de bois en espérant que l'obscurité nous protégera et je rabats la large capuche de ma cape sur ma tête. Du centre de la pièce, impossible de nous voir avec le manque de lumière.

Eugénie plaquée contre moi, j'écoute les pas se rapprocher.

Ils résonnent dans le silence. Lents. Inégaux. À la fois lourds et faibles.

Eugénie se tend et je me retiens de réagir quand sa main serre la mienne si fort que j'ai l'impression qu'elle va me broyer les os.

Les pas sont à présent tout près. La sœur va bientôt passer devant le lit d'Eugénie. J'y jette un regard pour m'assurer que rien ne va attirer l'attention quand je vois les draps défaits et une tache de sang sur le matelas.

Je lâche la main d'Eugénie, me précipite sur le lit, saisis la couverture et la remonte jusqu'au coussin. Là, voilà.

Je reprends ma place et plaque ma main sur la bouche de l'adolescente qui respire de plus en plus fort. Elle me fixe, apeurée, et je secoue la tête. Il faut qu'elle me fasse confiance.

Enfin, j'aperçois la silhouette de la sœur traverser le couloir. Ses yeux balayent les lits qui s'étirent à sa droite et à sa gauche, vérifiant que tout se passe bien. Elle ne réagit pas devant la couche d'Eugénie vide.

Mon cœur bat dans mes oreilles. Mes sens sont décuplés. J'ai l'impression de voir dans le noir, même s'il n'en est rien. Jamais de ma vie je ne me suis sentie aussi alerte.

Il s'agit de sœur Gisèle. Sa vision est très mauvaise, c'est une chance pour nous. Nous n'en aurons peut-être pas deux, il faut la saisir !

Elle se rend jusqu'au fond de l'infirmerie et se retourne pour reprendre sa marche dans l'autre sens.

Alors qu'elle passe de nouveau devant le lit d'Eugénie, une contraction m'élance.

Non, pas maintenant !

Je reste debout et m'agrippe de toutes mes forces à Eugénie.

Sœur Gisèle s'arrête et fronce les sourcils.

Je bloque ma respiration.

Plus que quelques secondes et la douleur disparaîtra. Je dois tenir. Ne pas attirer l'attention.

Une goutte de transpiration roule le long de mon front et glisse dans mon œil.

La sœur émet un son, intriguée, et avance vers nous. Elle ne nous voit pas, j'en suis certaine, en tout cas de là où elle se trouve. Si elle approche davantage… elle ne pourra pas nous manquer, problèmes de vue ou non.

J'aperçois Eugénie saisir un objet. Je cherche à l'en empêcher, mais elle le jette en arrière. L'impact résonne derrière nous.

Sœur Gisèle recule et se dirige vers l'origine du bruit.

Une diversion ! Brave fille ! Eugénie est bien plus maline que je le pensais !

Nous nous déplaçons derrière le panneau de bois et je prends une grande inspiration.

Je remarque qu'elle ne saigne plus, les taches sur sa robe et sur le lit ont déjà séché.

L'espoir renaît en moi. Nous allons pouvoir partir. Elle tiendra jusqu'à 23 heures. Elle tiendra jusqu'à ce que nous rejoignions Gustave pour nous enfuir d'ici.

Je passe la tête derrière le panneau et devine l'ombre de la sœur près d'une bougie.

Nous devons sortir de cette pièce et seule une dizaine de mètres nous sépare de la porte.

Un gémissement de douleur s'élève d'un lit plus loin.

Nous devons nous dépêcher.

Je saisis le bras d'Eugénie et la pousse vers la porte. Je progresse à reculons derrière elle. Si sœur Gisèle nous voit, elle déclenchera l'alerte. La nonne avance dans l'autre direction en vérifiant rapidement – trop rapidement – l'état des filles alitées. Elle cherche d'où venait le gémissement, mais son vœu de silence l'empêche d'appeler.

Est-ce elle que j'ai aperçue un peu plus tôt ? Et si non, pourquoi ne me cherche-t-on pas ?

Derrière moi, Eugénie ouvre la porte, qui grince sur ses gonds. Pourvu que sœur Gisèle ne l'ait pas entendue !

Je recule plus vite.

Sœur Gisèle se retourne et je comprends à son expression qu'elle me voit.

Je n'hésite pas une seule seconde.

Je m'engouffre par la porte et la referme derrière moi.

CHAPITRE 13

Je presse Eugénie qui peine à avancer.

— Il arrive, gémit-elle. Je le sens descendre... Il... Haaa...

Je passe derrière elle et appuie dans son dos pour la pousser à accélérer.

— On doit trouver un endroit où se cacher !

Je regarde autour de moi. De nuit, les couloirs se ressemblent tous et je ne sais plus vraiment où je suis. Cette partie du couvent doit mener vers la sortie de l'aile ouest, j'en suis sûre ! À moins que l'intersection que nous venons de passer nous rapproche de l'église... Oh, Seigneur, envoie-nous un signe. Marie, aide-nous !

— Pourquoi es-tu venue me chercher, Louise ?

Je la pousse un peu plus, mais elle s'arrête et prend appui sur le mur. Elle est épuisée.

Je regarde en arrière. Personne. Sœur Gisèle ne

nous suit pas encore. Elle est forcément allée alerter les autres, deux nonnes qui me verraient m'échapper et ne diraient rien ? C'est un peu trop facile. Non, je suis certaine qu'elles vont nous traquer.

Les jambes d'Eugénie tremblent et je la rattrape par le bras alors qu'elle s'écroule au sol. Elle est trop lourde et moi pas aussi forte que j'aimerais l'être. Je tombe avec elle.

Mes mains cherchent son visage et le tournent vers moi. Ses yeux clairs me fixent et j'y lis toutes ces questions que je me pose également et pour lesquelles je n'ai pas de réponses.

Je regarde une nouvelle fois en arrière.

— Écoute, je... je crois que les sœurs ne sont pas si bonnes que ça. Je viens de voir Mélinda... Elle...

La vision d'horreur dont j'ai été témoin me revient. Les larmes me montent aux yeux. Je revois le sang, les entrailles... les outils rougeoyant sur le sol et ce bébé... ce bébé innocent qui a été jeté comme un vulgaire déchet. Puis l'odeur, oh oui, l'odeur écœurante me revient, elle aussi !

— Elles l'ont ouverte en deux pour prendre le bébé... et... et elles ont tué le bébé parce qu'il était noir...

— Quoi ?

— Métisse... Mélinda a... Le père du bébé est noir. Elles l'ont tué parce que... parce qu'elles ne pourraient pas le vendre.

— Oh, mon Dieu, mais... mais...

— Elles devaient penser qu'il allait falloir choisir entre la mère et le bébé. Mélinda n'en était pas à neuf mois pleins, elle venait juste de passer les huit mois de grossesse... En déclenchant l'accouchement, les sœurs l'ont...

Les lèvres d'Eugénie tremblent.

— Comme pour moi... C'est pour ça que je saigne, n'est-ce pas ? Parce que ce n'est pas naturel. Mon corps n'est pas prêt.

Je grimace et hoche la tête.

— Je vais mourir en couches, c'est ça ? panique Eugénie. Comme ma mère ?

— Non, non, ne dis pas ça. Tu dois te battre, il faut te trouver un endroit où accoucher à l'abri.

Je la force à se relever. Nous avançons, tournons à l'aveugle à un croisement, perdues et incapables de retrouver notre chemin.

Je lance des regards en arrière. Eugénie doit résister, elle doit lutter. Sinon, à quoi bon la faire sortir de l'infirmerie ? Je ne prends pas autant de risques pour rien, elle doit se battre. Elle ne doit pas mourir !

— Pense à ton père, lui chuchoté-je, pense à lui ! Tu ne voudrais pas le laisser seul, pas vrai ?

Elle secoue la tête et un sanglot se coince dans sa gorge.

— Non... Je ne veux pas.

— On va rejoindre Gustave. C'est notre unique issue.

Eugénie se fige et se tourne vers moi, affolée.

— Je ne me rendrai jamais jusqu'au portail, Louise...

CHAPITRE 14

J'ouvre la première porte sur notre chemin et découvre qu'elle donne sur le chauffoir. J'avais entendu parler de cette pièce sans jamais y avoir mis les pieds. L'hiver arrive, mais je ne suis pas frileuse, de ce fait je n'ai jamais ressenti le besoin de m'y rendre.

Les feux des quatre cheminées en fonction éclairent les arches au-dessus de nous ainsi que les chaises disposées contre les murs sous les fenêtres.

J'installe Eugénie contre le pilier central face à deux cheminées.

— Là... Là... Ça va aller, balbutié-je, autant pour la rassurer elle que moi. On va rester ici le temps que tu accouches.

Eugénie serre les dents et sa tête part en arrière. Je l'observe, désemparée. Je repense à tous ces manuels que j'ai lus, à tous ces articles, mais je ne sais pas par où commencer.

— Tu n'es pas aussi méchante que tu veux le faire croire, murmure Eugénie, les yeux fermés.

— Je ne suis pas méchante ! rétorqué-je.

Un sourire étire ses lèvres.

— Non, en effet.

Je l'observe. Elle souffre. La lumière flamboyante du feu dans la cheminée éclaire son front transpirant. Sa robe aussi est trempée de sueur.

Je repense à son carnet que j'ai trouvé sur son lit et lui avoue mon élan de curiosité :

— J'ai lu ton carnet...

Elle rouvre les yeux et tourne la tête vers moi. Alors qu'elle s'apprête à parler, je lui coupe la parole.

— Je... Je sais ce qui t'est arrivé. C'est... C'est ignoble. Tu ne méritais pas ça. Je suis désolée...

Décidément, la perspective d'accoucher me transforme. Quelques heures auparavant, je n'avais qu'une hâte, me débarrasser de cette fille, et me voilà assise au milieu d'un chauffoir à attendre qu'elle accouche afin que nous puissions nous enfuir ensemble.

Je ne suis pas arrivée devant la porte de l'infirmerie par hasard. J'aurais pu partir dans l'autre sens après avoir découvert le corps de Mélinda. J'aurais pu secouer Irène jusqu'à ce qu'elle se réveille et exiger d'elle qu'elle m'aide à sortir du couvent. Mais je ne l'ai pas fait. J'ai cherché Eugénie.

J'ai laissé toutes les autres filles derrière moi. Josépha, Zélie, Myriam... Toutes.

Je soupire.

Et si j'étais partie réveiller les autres pensionnaires ? Nous ne sommes pas aussi nombreuses que les sœurs, mais nous aurions pu... pu quoi ?

Je secoue la tête. À quoi suis-je en train de penser ? Les sœurs n'en ont pas après ces filles... Elles vont me chasser moi, pas les autres.

— Tu as lu mon carnet... répète Eugénie si bas que je peine à la comprendre.

Je baisse les yeux.

Sa main se pose sur la mienne.

— Ce n'est pas grave, murmure-t-elle. Tu es venue me chercher. Merci.

Elle me remercie ? Moi ? C'est bien la première fois qu'un merci sincère sort de la bouche d'une femme à mon intention. D'ordinaire, ils suintent de l'hypocrisie. J'ai lu son journal, j'ai outrepassé mes droits, j'ai violé son intimité et elle me remercie ?

Les larmes me montent aux yeux.

— Je... Je rentrais chez moi après avoir vu un ami... Un... Un ami spécial, tu vois.

Je l'observe me raconter son histoire, le cœur au bord des lèvres. Je sais ce qu'elle va raconter, mais je ne peux pas la couper.

— Il... Je l'aimais beaucoup, mais je n'ai jamais rien fait avec lui. Je savais bien que j'aurais beaucoup de mal à trouver un mari si je perdais ma virginité... Alors...

Elle gémit.

— Alors, je suis rentrée chez moi avant de succomber à la tentation. C'est sur le trajet du retour à la maison que cet homme m'a attaquée. Je l'avais déjà vu dans le quartier. Il... Je n'ai pas compris ce qu'il se passait, tout est arrivé si vite. J'ai crié, mais personne n'est venu à mon secours. Pourtant... Oh, Louise, j'ai hurlé si fort... Les gens m'ont forcément entendue !

Une larme roule sur sa joue.

— Je n'ai jamais eu aussi peur de ma vie... Et... Et j'ai eu si mal. Il m'a serrée si fort qu'il m'a brisé un poignet. Il ne cessait de me demander si j'aimais ça, si j'en voulais encore, mais moi je lui hurlais d'arrêter.

Elle se tait, les yeux à présent braqués sur la cheminée. Elle renifle.

Je pleure aussi.

— J'ai tenté les potions d'avortement, m'avoue Eugénie si bas que je dois tendre l'oreille pour l'entendre. Mais ça n'a pas fonctionné. J'ai passé plusieurs jours au lit, mais le bébé est resté. Il faut croire que j'étais destinée à porter cet enfant.

Un enfant du mal.

Je saisis la main tremblante d'Eugénie et la serre.

— J'étais étonnée de voir que tu sais écrire. C'est ton père qui t'a appris ?

Elle hoche plusieurs fois la tête. Je dois lui changer les idées, elle ne doit pas accoucher avec l'esprit plein de sombres souvenirs.

— Oui... Il voulait que je puisse être indépendante

s'il lui arrivait quoi que ce soit. Je n'écris pas très bien, mais au moins, je peux communiquer.

Je serre sa main plus fort, alors qu'elle se tend sous les coups d'une nouvelle contraction.

— Tu vas accoucher ici, et puis nous partirons. Gustave va nous emmener. Tu vas venir chez moi, tout se passera bien. On prendra soin de toi. Mes parents détestent l'injustice. Ils ne permettront pas que quelque chose t'arrive.

Eugénie hoche la tête.

— Où est-ce… que… j'en suis ? parvient-elle à me demander entre deux gémissements.

— Où tu en es ? De quoi ? Oh…

Je vais devoir mettre ma main dans…

Je prends une grande inspiration, regarde la porte et espère ne pas la voir s'ouvrir. J'ai poussé une petite table et des chaises devant pour la bloquer, mais j'ai bien peur que cela ne soit pas suffisant. Je n'ai pas assez de force pour pousser les autres meubles. La peur de me faire attraper et de mourir m'a donné assez de force et de courage pour m'enfuir jusqu'ici, mais à présent, mon énergie retombe.

Je me déplace devant Eugénie.

Mon ventre me gêne, je ne parviens pas à me pencher en avant. Je râle et m'installe à côté d'elle.

— Tu peux remonter les jambes ? Plier les genoux ?

Eugénie s'exécute avec peine alors qu'une nouvelle

contraction m'élance. Elle est bien plus intense que les précédentes. Je sens mon bassin s'écarter, quelque chose tente de se frayer un passage.

Je souffle comme les sœurs nous l'ont appris dans les cours de préparation qu'elles nous donnaient chaque semaine et contrôle mon envie de pousser. Je n'y suis pas encore.

Enfin, les crampes cessent. Ma tête tourne. Il me faut quelques instants pour reprendre mes esprits.

— Je croyais que tu n'étais pas prête, gémit Eugénie.

— Le stress m'a déclenchée…

J'observe mes doigts. Ils sont loin d'être propres, je ne peux pas les enfoncer en elle alors qu'ils sont si sales. Je saisis la jupe de sa robe et les essuie dessus.

Eugénie plaque ses mains au sol et se cambre. Un cri se coince dans sa gorge et je me penche autant que je peux pour regarder entre ses jambes. Je remonte sa jupe sur ses cuisses et hoquette de surprise. Pas besoin de vérifier où elle en est. Je vois ses lèvres s'écarter et deux choses arrondies en sortir.

Je m'approche un peu plus. Ce n'est pas normal. Ce n'est pas la tête du bébé.

Les fesses. Il se présente en siège. J'aurais dû m'en douter. Tous les livres racontent que lors d'un accouchement prématuré, il est très fréquent que le bébé arrive en siège. Il ne se déplacerait tête en bas que lors des dernières semaines.

Je rouvre les yeux et croise le regard inquiet d'Eugénie. Elle va souffrir. Horriblement. Et l'enfant pourrait ne pas survivre.

— C'est le moment, lui annoncé-je. Il est là.

Elle acquiesce et pousse. Son cri résonne dans toute la pièce.

— Non, non... Ne crie pas... Chut !

J'écarte un peu plus ses jambes et me prépare à devoir tirer le bébé. Dois-je lui dire pour sa position ? Dois-je la prévenir et ainsi l'inquiéter ?

Je l'encourage tout bas :

— Encore, encore, Eugénie... Pousse !

Elle hurle cette fois. Je serre les dents et regarde vers la porte.

Les sœurs vont nous trouver. Elle ne doit pas crier !

— Tais-toi ! Retiens-toi.

Elle pleure.

— Je ne peux pas...

Elle a cessé de pousser. Le bébé n'a presque pas avancé. Elle n'est pas dans la bonne position. Elle n'y arrivera jamais comme ça avec le bassin ainsi tourné.

Je repense à ces vieilles illustrations d'accouchements de mes manuels. Je trouvais la position honteuse, bestiale, mais à présent, elle m'apparaît comme la meilleure solution.

— Mets-toi à quatre pattes !

— Quoi ? s'étonne-t-elle.

— À quatre pattes, allez ! Tu pousseras mieux.

— Mais... Mais...

— Écoute-moi, d'accord ? Le bébé ne va pas sortir si tu restes comme ça. Tourne-toi !

Je ne peux pas lui dire qu'il n'arrive pas tête la première. Elle prendrait peur, se tendrait encore plus. Elle ne doit pas savoir. Tant pis si je la blesse. Elle me remerciera plus tard.

Eugénie renifle, me fixe quelques instants, puis s'exécute. Je me rappelle qu'elle n'a jamais connu sa mère. Elle n'a jamais parlé de sœur ou de tante. Sans présence féminine dans sa vie... personne ne lui a jamais rien enseigné sur la grossesse ou l'accouchement. Je me demande comment elle a réagi lorsqu'elle a eu ses premières menstruations.

Enfin, Eugénie se place à quatre pattes, le visage tourné vers le feu. Je me glisse derrière elle et m'excuse en avance.

— Je vais remonter ta jupe sur ton dos, d'accord ?

Seul un hochement de tête me répond et je m'exécute. Devant cette vue, je me promets de ne plus jamais m'adonner aux choses de l'amour. Plus jamais un homme n'entrera en moi !

— Allez, vas-y, dès que tu le sens, pousse.

Et Eugénie pousse.

Je la guide pendant de longues minutes qui me paraissent des heures, contrôlant la douleur de mes propres contractions en le faisant.

Bientôt, les fesses du bébé sortent un peu plus. J'aperçois son dos, ses cuisses recroquevillées contre lui, mais ce n'est pas encore assez. Un râle de douleur s'échappe de la bouche d'Eugénie.

— Chut... Chut...

La porte du chauffoir tremble.

Ma respiration se bloque.

Elles sont là.

La poignée s'abaisse et la porte vacille de nouveau. Mon barrage de fortune ne suffira pas. Je regarde tout autour de moi alors qu'Eugénie continue de pousser.

Je ne vois rien. Aucune issue. Les fenêtres se trouvent à plusieurs mètres, même sans être enceinte je n'aurais pas été capable de les atteindre.

Que va-t-il nous arriver ?

Eugénie continue de pousser et, enfin, les jambes sont entièrement dégagées.

— Allez ! Tu y es presque !

Sa tête tombe vers le sol. Je tente de l'encourager en lui frottant le dos.

— Allez, Eugénie. Allez !

Elle pousse de nouveau et la porte s'ouvre au même moment.

Le bébé, je dois me concentrer sur l'enfant qui arrive. Je vois le haut de son torse.

— C'est bien, c'est très bien...

Une silhouette apparaît dans ma vision périphérique. Je tourne la tête.

Sœur Marie-Paule.

Ses sourcils se froncent et une grimace défigure son visage déjà bien laid.

Deux autres sœurs entrent à sa suite et secouent la tête en nous voyant. Sœur Marie-Paule nous pointe de la main et les deux nonnes accourent vers nous.

Eugénie hurle.

— Non !

Je baisse de nouveau les yeux vers le bébé. Je le maintiens comme je peux, mais les épaules ne sont pas encore sorties. Le cordon ombilical est si tendu, je crains qu'il étouffe.

Sœur Marie-Paule arrive à côté de moi, me prend l'enfant des mains et me repousse. Puis, sans que je comprenne réellement ce qu'elle cherche à faire, elle se met à le tourner comme on tournerait une vis.

— Mais arrêtez !

Eugénie hurle de douleur. Deux autres sœurs arrivent devant elle et la maintiennent alors qu'elle menace de s'effondrer à plat ventre.

Sœur Marie-Paule tire un peu plus sur le bébé et bientôt, les épaules sont complètement sorties.

Je gémis alors qu'une contraction m'élance dans le dos, mais je ne peux détacher mes yeux d'Eugénie et de ses accoucheuses. Malgré la peur qui s'insinue dans chacun de mes muscles, je ne peux m'empêcher de regarder.

Les sœurs retournent l'adolescente sur le dos.

Eugénie est à moitié inconsciente, ses bras retombent mollement à côté d'elle. De larges gouttes de sueur recouvrent son visage blême. Elle s'est mordu les lèvres au point de se faire saigner. Du sang coule le long de son menton.

Un homme entre dans la pièce. Sa blouse et son visage sont parsemés de sang. Sa jambe de bois claque contre le sol, souvenir de la guerre. Le médecin, je le reconnais. Il m'a auscultée deux mois auparavant. Il transpire et sa moustache aussi est constellée de gouttes vermeilles. Dans sa main, il tient une trousse d'outils. Son expression se durcit en voyant le spectacle face à lui. Il renifle et émet un son contrarié.

Sœur Marie-Paule relève la tête vers lui.

— C'est un garçon, il est descendu en siège.

Les lèvres d'Eugénie tremblotent.

— Un garçon ? demande-t-elle dans un souffle rauque.

Le docteur arrive près d'Eugénie et remonte sa jupe sans préambule jusqu'à recouvrir son visage, pour avoir accès à son ventre.

— Elle ne va pas pouvoir respirer !

Personne ne m'écoute.

Le docteur pose sa main sur le ventre de l'adolescente et appuie alors que la matrone tire un peu plus sur le bébé. Eugénie hurle. Jamais je n'ai entendu de cris comme celui-là.

Ils vont tuer le bébé ! Ils vont la tuer aussi !

— Mais arrêtez !

Une des sœurs qui accompagnaient Marie-Paule se redresse et me gifle. Je tombe au sol et ma tête heurte la pierre. La douleur me traverse et pendant un moment, tout me paraît noir.

— On ne va pas y arriver comme ça, entends-je. Il faut sauver le garçon !

— Vous savez ce que vous avez à faire, docteur, grince sœur Marie-Paule.

— Nous ne serons pas inquiétés ?

— Cette pauvre fille n'a rien.

— Très bien. J'ai ce qu'il faut. Mes sœurs, tenez-la. Elle ne doit pas bouger ou je pourrais entailler le bébé.

Entailler ? De quoi parle-t-il ? Oh non, ils vont ouvrir Eugénie comme ils ont ouvert Mélinda ! Je ne dois pas les laisser faire. Je dois me réveiller, je dois l'aider !

Oui, je dois les repousser. Eugénie doit partir avec moi à Paris, je dois la sauver de cet enfer ! Je m'occuperai d'elle comme je me suis occupée de Sarah. Je lui donnerai des leçons d'étiquette et, pourquoi pas, lui trouverai un bon parti. Je l'emmènerai aux bals, même si elle est bien plus belle que moi. Nous rirons, jouerons... Elle pourrait devenir mon amie. Une vraie amie. La première...

Un cri inhumain s'élève à côté de moi.

Trop tard...

Non...

Mes paupières tremblent, mais refusent de me répondre. Je pleure.

Je gémis, lutte et me fais violence. Enfin, je parviens à ouvrir les yeux. Je me redresse sur l'avant de mon bras et relève la tête.

Du sang coule jusqu'à ma main.

Cette odeur. La même que j'ai sentie un peu plus tôt dans la pièce où j'ai trouvé Mélinda.

Non... Pas Eugénie...

Mon être entier refuse de croire que ce qu'il se passe devant moi est bien réel.

Le docteur a sa main enfoncée dans le bas ventre ouvert d'Eugénie alors que les bras de l'adolescente tremblent encore. Il pousse, force son passage dans le ventre béant. Du sang s'écoule par son vagin sur le bébé.

Eugénie hurle, puis un râle inhumain sort de sa gorge.

Le médecin pousse le bébé de l'intérieur. Les bruits me donnent la nausée. Sœur Marie-Paule extirpe l'enfant alors que les deux autres nonnes détournent les yeux. Une d'entre elles s'éloigne pour vomir.

— Non...

Eugénie a cessé de trembler. Elle ne crie plus non plus.

Ils l'ont tuée.

Le docteur retire sa main et saisit la jupe de l'adolescente pour s'essuyer les bras. Il lève les yeux vers moi, me fixe, puis attrape un ciseau dans une de ses poches. Il l'approche du bébé et coupe le cordon ombilical.

— Emmenez-la, dicte-t-il aux deux sœurs.

Elles ne l'écoutent pas. Elles se tournent vers Marie-Paule qui se redresse à côté de moi, le bébé dans les bras, et la matrone leur indique d'un geste silencieux d'obéir au docteur. C'est donc elle qui dirige tout ici. Elle est plus puissante que le docteur lui-même. Mais après tout, quoi d'étonnant à cela ? C'est elle qui l'a embauché pour ses compétences chirurgicales.

Une première sœur rabat la jupe d'Eugénie sur son ventre et ses cuisses, révélant ainsi son visage et empourprant le tissu. La tête de l'adolescente est tournée vers moi, les yeux grands ouverts. Du sang coule de sa bouche.

Eugénie...

J'avais raison...

Les sœurs l'agrippent par les bras et la tirent sur le sol. Elles laissent une traînée de sang derrière elles et bientôt, le corps d'Eugénie disparaît par la porte.

— Suis-la, m'ordonne sœur Marie-Paule.

— Non !

Pourquoi suis-je en train de refuser ? Je devrais m'excuser de m'être rebellée et d'avoir tenté de fuir, leur demander pardon pour avoir entraîné Eugénie avec moi, mais je n'y parviens pas. Je ne suis pas en tort. J'ai vu ce qu'elles faisaient !

Le médecin se rapproche de la sœur et lui prend le bébé des mains. Le fils d'Eugénie. Je réalise alors qu'il n'a pas encore pleuré.

— Qu'est-ce que vous allez lui faire ?

Je ne vois pas la gifle arriver.

La surprise me fige bien plus que la douleur.

La lèvre supérieure de Marie-Paule se soulève. Je devine facilement ses intentions vis-à-vis de moi dans son regard.

Je tends un bras en avant vers elle, mais Marie-Paule me le frappe d'un revers de la main.

Mon ventre m'élance. Ma tête tourne.

Elles nous ont attrapées...

Je me relève sur un bras et lève la tête. Je cligne des yeux.

Le médecin tient le bébé par les jambes, tête en bas, et lui tape les fesses.

— Non...

Que font-ils ? Pourquoi le frappe-t-il ? Est-ce parce qu'il n'a pas encore pleuré ? Il va le faire, il faut juste lui laisser le temps, il va...

Les pleurs du bébé déchirent le silence du chauffoir.

Un sanglot se coince dans ma gorge.

Il pleure...

Il va bien...

Le médecin allonge le nourrisson contre son bras et l'inspecte sans aucun tact alors que la petite créature innocente hurle de douleur.

— Non...

Il baisse les yeux vers moi et je vois à l'expression de son visage que je ne sortirai pas vivante de ce couvent.

— Vous vous occupez d'elle, ma sœur ? Je dois retourner auprès des filles.

Sœur Marie-Paule acquiesce. Le médecin s'éloigne, le fils d'Eugénie dans les bras. Il marche sur le sang au sol sans sourciller.

Je me redresse sur les avant-bras et lance à la matrone un regard que je veux assassin.

Elle secoue la tête. Simplement ça. Un simple geste de tête et ma rage décuple.

CHAPITRE 15

Sœur Marie-Paule ne dit rien. Son silence me terrifie plus qu'une réponse de sa part. Une multitude de scénarios me passent en tête.

— Vous l'avez tuée. Comme vous avez tué Mélinda et son enfant !

— L'enfant n'était pas viable.

Viable ? Pardon... « viable » ? Est-ce vraiment le mot qu'elle vient d'employer pour décrire une créature de Dieu ? Le Dieu qu'elle a juré aimer et servir ?

— Il était en vie !

— Il n'était pas viable, répète-t-elle de sa voix grinçante.

— Parce qu'il était noir ?

Elle ne me répond pas, en tout cas ses lèvres ne disent rien. Ses yeux en revanche... Oh, oui, je lis dans son regard que j'ai raison !

— Vous êtes démentes !

— Personne n'aurait voulu de lui. La mère n'en voulait pas. C'est bien pour cela qu'elle est venue ici. Pour le nourrir, nous aurions pris la nourriture d'autres enfants... sans jamais pouvoir le placer. Nous lui avons épargné des souffrances inutiles.

— Il était vivant quand je l'ai trouvé !

Elle hausse un sourcil et je réalise qu'elle n'en savait rien. L'enfant a été jeté dans cette bassine et personne n'a cherché à vérifier s'il était mort. Elle ne l'a pas baptisé... Si elle l'avait fait, elle aurait vu qu'il était encore en vie.

— Vous... Ce que vous faites... C'est démoniaque !

— Que sais-tu du démon, petite sotte ? Que crois-tu ? Toutes les filles qui arrivent ici ne sont pas entretenues par papa. Tu ne connais que la belle vie des riches, mais en bas les choses sont bien différentes. Le couvent souffre depuis des mois de mauvaises récoltes et de pertes financières. Depuis la guerre contre la Prusse, nous ne recevons plus de dons. Les hommes qui travaillaient aux potagers avec nous et qui assuraient les réparations ont tous péri ou sont revenus estropiés. Nous vous avons tout donné, tout sacrifié, au point de nous affamer. Aujourd'hui, nous avons perdu une des nôtres... Et tu oses me traiter de démon ? Tu devrais nous remercier !

— Vous avez tué Mélinda !

— Elle était condamnée. Il nous fallait sauver l'enfant.

— Mais lui aussi, vous l'avez tué... Parce que vous ne pouviez pas le vendre ! Et maintenant... vous venez de tuer Eugénie.

— Tu aurais préféré qu'on laisse l'enfant mourir ? C'est ce qui allait se passer si nous ne faisions rien. C'était un garçon ! Un garçon ! La France a besoin d'hommes.

— Il devait y avoir une autre solution... Vous auriez pu sauver les deux...

— Trois sont morts ce soir, mais d'autres naissent grâce à nous, en profitant de nos soins. Des femmes ont accouché à l'abri des regards, accompagnées... Nous les accueillons toutes, sans distinction. Riches comme pauvres. C'est notre mission.

— Quelle mission ? Vous vendez des enfants... des êtres humains... des créatures du Seigneur !

— Oh, ne pense pas m'attendrir en utilisant ma foi contre moi, jeune fille ! La vente des nourrissons nous sert à vous accueillir et à vous nourrir, à prendre soin de vous, nous ne gardons rien pour nous. Nous as-tu déjà vues rouler sur l'or ? Sans nous, les filles pauvres accoucheraient dans les rues, elles mourraient en couches ou tomberaient malades et leurs enfants mourraient au bout de quelques heures. Sans nous, Louise, tous tes amis de la bourgeoisie seraient en train de te pointer du doigt. Tu aurais tout perdu. Cette nuit est vitale pour la congrégation, nous avons besoin de bébés et surtout de garçons pour repeupler la France. Sans ça... nous fermerons bientôt les portes.

Des garçons... C'est pour ça qu'ils n'ont pas hésité à ouvrir Eugénie. Parce que son enfant est un garçon. Les parents adoptants sont-ils réellement prêts à payer plus cher afin de pouvoir choisir leur fils ? Un fils qui remplacerait celui qu'ils auraient perdu à la guerre ou à cause de la variole ?

Je repense aux connaissances de mes parents, à ces nobles à présent sans descendant qui craignent pour leur héritage.

Et moi, je crains pour ma vie. Oui, je comprends parfaitement les enjeux du couvent. Je comprends l'importance de cette nuit et la valeur des enfants qu'elles mettent à l'adoption... mais je ne peux pas pour autant fermer les yeux sur leurs pratiques. De toutes les personnes touchées par la guerre, la famine et les restrictions, des religieuses devraient s'élever au-dessus des autres, pas en dessous.

— Et moi ? Vous allez me laisser partir ?

Elle ne répond pas.

— Que seriez-vous prête à faire, ma sœur, pour protéger votre couvent ? Dites-moi ! Oserez-vous me tuer pour préserver vos vilains secrets ?

Silence.

Une nouvelle contraction me terrasse. Il arrive. Je le sens.

Marie-Paule m'observe puis regarde vers la porte.

Elle semble hésiter. Elle sait que je ne me tairai pas une fois sortie d'ici. Je ne me ferais pas confiance non plus.

— Tu vas accoucher ici, sur le sol sale, alors que tu aurais pu profiter du confort d'un lit. Ton père avait payé pour toutes les options... Mais tu ne pouvais attendre sagement. Te voilà dans la position même de toutes ces filles que tu as méprisées depuis ton arrivée. Le réalises-tu ?

Je serre mes mâchoires. Si seulement je pouvais me lever et lui faire respecter son vœu de silence.

— Si vous me menacez uniquement parce que j'ai été témoin de vos méthodes... c'est que vous savez bien au fond de vous que ce que vous faites est mal...

Elle s'éloigne vers la porte, s'appuie dessus quelques secondes, inspire profondément et tourne la clef dans la serrure.

Je tends un bras en avant. Le sang d'Eugénie est tout près de moi. Il s'écoule entre les dalles de pierre.

Je vois quelque chose sur le sol, cligne des yeux pour mieux distinguer ce que c'est et aperçois plusieurs ongles recouverts de sang. Eugénie... Elle s'est agrippée si fort aux pierres qu'elle en a arraché ses ongles.

L'horreur laisse la place à la rage

Alors qu'elle me tourne encore le dos, sœur Marie-Paule continue.

— Tu vas mourir comme une moins-que-rien. Il fallait que tu viennes mettre ton nez dans nos affaires, te sentir supérieure aux autres du fait de ta naissance ne te suffisait donc pas. Tu n'auras jamais su rester à ta place. Ce que je m'apprête à faire ne me plaît pas, sois-en bien consciente. Mais tu ne me laisses pas le choix. Nous vous avons tout donné, nous nous sommes sacrifiées pour vous... Nous ne pouvons avoir fait tout cela en vain.

Elle enfonce sa main dans la large poche de son habit et en sort un couteau à la lame recourbée.

Elle ne va pas attendre que j'accouche. Elle va me tuer et m'ouvrir en deux comme le docteur l'a fait pour les autres.

Je me redresse et m'appuie sur le pilier central pour me relever.

— Oh, non, ma sœur ! Je ne vais pas mourir ici !

J'avance de plusieurs pas et arrive derrière elle. Elle se retourne vers moi et sursaute. Elle ne s'attendait pas à me voir debout. Elle ne sait pas que l'instinct de survie est plus fort que tout, plus fort que la douleur et les menaces.

Je refuse de me faire ouvrir en deux comme Mélinda et Eugénie !

Je la pousse et elle bascule en arrière juste devant la grande cheminée.

— Arrête ça ! crie-t-elle en retrouvant son équilibre.

Un rire nerveux sort de ma bouche. Je ne le contrôle pas. Comment peut-elle croire que je ne vais pas me défendre ? Que je vais attendre sagement que mon enfant naisse pour qu'elle me l'enlève et me tue ensuite ?

Je ne peux laisser une telle chose arriver. Ma vie n'est pas finie, elle commence tout juste ! Je deviendrai une femme érudite, savante. Les autres femmes me jalouseront et les hommes se sentiront petits en ma présence. Je leur montrerai à tous la puissance de ma volonté ! Cette bonne sœur ne sera qu'un obstacle, pas une fin.

Elle me repousse et je manque de tomber au sol. Je prends appui sur le mur à côté de moi, sans la quitter des yeux.

Elle lance son bras vers moi et je recule d'un pas pour l'éviter. Sa main s'écrase sur le mur de pierre et un ricanement m'échappe.

Son visage se ferme encore plus.

Elle m'agrippe par l'épaule et me jette à terre. Je bascule, mais parviens à amortir ma chute avec mes mains afin de protéger mon ventre. Ma broche se détache et rebondit sur le sol. Je la saisis dans ma main.

Sœur Marie-Paule se penche vers moi et empoigne ma cape. Elle me soulève et me gifle.

Ma tête part sur le côté et cogne le sol. Je relève aussitôt les yeux vers elle, à peine consciente que du sang me coule dans l'œil.

Je lui crache au visage.

Elle serre les mâchoires et ses lèvres dévoilent ses dents jaunies.

— Sale petite traînée...

Son insulte ne me touche pas.

Elle brandit son couteau au-dessus de moi, mais je lance mon poing vers elle et la frappe à la joue. Ma force n'est pas assez grande pour la repousser, mais la surprise la laisse quelques secondes interdite et c'est tout ce qu'il me faut pour m'éloigner. J'ai entaillé sa peau avec l'épingle de ma broche. Un mince filet de sang roule le long de sa joue.

Je me redresse en prenant appui sur un banc. Mes jambes tremblent, mais la peur et l'instinct de survie me permettent de rester debout.

Je recule d'un pas et glisse dans le sang d'Eugénie. Je tombe en arrière et ma tête heurte le sol. Le monde tourne.

Marie-Paule halète.

— Tu aurais pu ne rien dire, ne rien faire, et nous t'aurions laissé la vie sauve.

Je ris et me relève en gémissant. Suis-je devenue folle ?

Marie-Paule se trouve face à moi, ses bras recouverts de sang tendus le long de ses hanches et la tête légèrement avancée vers moi.

— Tu me rends la chose bien plus facile, me lance-t-elle, j'ai beaucoup hésité, tu sais.

Dans sa main droite, elle serre plus fort son couteau. Les flammes se reflètent sur la lame.

En deux pas, elle est sur moi et j'aperçois le couteau fendre l'air. Je baisse la tête et la lame m'entaille l'épaule.

Je la repousse et avance à quatre pattes jusqu'à la cheminée. Je me lève et me retourne.

Sœur Marie-Paule se redresse, son voile pend sur le côté à moitié détaché, et j'entrevois ses cheveux gris tondus à seulement quelques millimètres de son crâne.

Je la bouscule à nouveau. Elle ne s'y attendait pas, trop habituée à ce que tout le monde lui obéisse – même le docteur se soumet à la moindre de ses requêtes. Elle est *la* matrone.

Oh, mais moi, je ne suis pas les autres !

Je saisis un pan de sa jupe et la tire vers moi. Elle crie de surprise et j'évite de justesse le couteau dont la lame me frôle le nez.

Je me plie en deux, le bébé continue de descendre, mais je ne peux accoucher ici avec elle à mes côtés. Hors de question ! Je mourrai en couche s'il le faut, mais pas de son fait.

La chaleur du feu de cheminée rougit mes joues, les flammes sont si proches.

Sœur Marie-Paule se jette sur moi, les mains en avant et le visage contracté par la colère. Je l'évite et pivote, la cheminée dos à moi. Je recule d'un pas. Je peux presque sentir les flammes frôler le bas de ma robe.

Un pas de plus.

La nonne secoue la tête et avance. Je la laisse me saisir le bras, elle doit croire que je suis à sa merci. Je feins une contraction et me plie en deux. Sa prise se desserre et j'entrevois là mon salut. Je saisis sa ceinture à laquelle pend son chapelet et tire de toutes mes forces. Elle chute en avant, tête la première dans le feu. Je me dégage de son chemin et tombe assise au sol.

Le couteau rebondit sur les dalles de pierre et l'écho métallique résonne dans toute la pièce.

Les bras devant son visage, sœur Marie-Paule tente de se protéger des flammes, mais déjà ces dernières la recouvrent et dévorent son voile et sa cape. Je recule en m'aidant de mes mains, m'agrippe à une chaise pour me redresser et observe le spectacle effrayant de la nonne sortir de la cheminée, le haut du corps en feu. Elle hurle et jamais de ma vie je n'ai entendu une voix humaine émettre un son comme celui-ci. L'odeur écœurante de sa chair en train de brûler me percute et je plaque ma main sur ma bouche et mon nez.

Le feu crépite sur elle, embrasant sa tenue et rongeant sa peau et ses chairs.

Je recule jusqu'à la porte alors que sœur Marie-Paule tourne sur elle-même, paniquée, affolée et transie de douleur. Les flammes se répandent sur le reste de son habit et bientôt, la sœur n'est plus qu'une torche humaine.

Je dois sortir d'ici avant que d'autres sœurs arrivent !

C'est ma chance.

Mon unique chance.

Sœur Marie-Paule tombe sur le sol au milieu du sang d'Eugénie et se débat contre le feu qui la recouvre. Elle ne crie plus. Elle tremble. Puis enfin, elle cesse de bouger.

J'ouvre la porte, incapable de quitter le spectacle macabre des yeux. L'odeur atroce s'insinue dans mon nez, mes poumons, et je la sens ne faire qu'un avec mes muscles, mes os. Les flammes claquent et se régalent.

J'ai fait ça.

Je suis responsable.

Je l'ai tuée.

CHAPITRE 16

Ils ont tué Eugénie.

Ils l'ont tuée...

Tuée...

Dans le couloir, je pousse une première porte dans l'espoir de me cacher à l'intérieur, mais celle-ci est verrouillée. J'avance encore, ralentie par la douleur qui menace de me paralyser. Je sens le bébé descendre. Je retiens un cri et prends appui sur le mur. C'est comme si quelqu'un m'enfonçait une lame dans le bas du dos. Je ne contrôle plus ma vessie. Je me fais dessus.

Je devrais me dégoûter, mais cette sensation ne me fait rien. L'odeur de chair calcinée ne me quitte plus. Je la porterai en moi pour toujours.

Je plaque une main sur mon entrejambe, prenant bien garde à prendre plusieurs couches de tissu afin d'éponger l'urine. Les sœurs ne doivent pas me retrouver, je ne peux pas laisser de traces de mon passage.

J'ai tué l'une des leurs...

Je me remets en marche. Lentement. Je sens quelque chose... quelque chose qui n'est pas moi pousser contre ma main. Rond et...

La tête du bébé.

Non, non. Il ne doit pas sortir maintenant.

Mes jambes vacillent. Je dois m'arrêter, je vais accoucher.

Face à moi, la porte de l'église se dresse, imposante, majestueuse, promesse de salut.

— Oh, Marie... Je vous en prie.

Je la pousse de toutes les forces dont je peux encore faire preuve et la referme derrière moi. Je cherche une serrure, un loquet, une fermeture, n'importe quoi, mais ne vois rien. Je ne vais pas pouvoir la verrouiller.

L'église est déserte. La prochaine prière officielle n'aura pas lieu avant plusieurs heures, mais il arrive parfois qu'une sœur ou deux viennent prier au milieu de la nuit lorsqu'elles ne parviennent pas à dormir.

J'avance entre les bancs de la nef tout en prenant appui dessus. Mes pas résonnent dans le silence. Je ne sais pas où je vais, mais l'idée d'accoucher près du Seigneur me rassure. Là, il ne pourra rien m'arriver. Je suis sous la protection de Marie, la Sainte Mère. Elle ne laissera personne me faire de mal.

Une nouvelle contraction me terrasse et je tombe à genoux sur les dallages blancs et noirs. Je ne parviens plus à respirer, la douleur est si forte. Jamais encore je n'ai ressenti une telle souffrance. C'est comme si mon corps s'ouvrait en deux de l'intérieur. Tout mon être me dicte de pousser, d'évacuer la chose qui a grandi en moi, mon enfant.

Et je m'exécute.

La contraction passe enfin, je peux inspirer de nouveau et je relève la tête. L'autel se dresse devant moi, recouvert de bougies et de cierges allumés qui éclairent la silhouette famélique de Jésus supplicié sur sa croix.

— Pitié...

Je ne reçois aucune réponse, aucun signe.

Il m'a abandonnée.

Suis-je une meurtrière à ses yeux ?

Je me suis défendue. Elle me menaçait, elle a tué. Elle ! Pas moi ! Je n'ai jamais laissé un enfant, une créature du Seigneur, mourir. Je n'ai pas toujours été la plus aimable, la plus sympathique, ni la plus tolérante, je le sais. J'ai même méprisé les plus pauvres et les moins chanceux que moi. Néanmoins, cet enfant dans la bassine... J'ai essayé de le prendre avec moi, de le sauver. J'ai aidé Eugénie à accoucher, du mieux que j'ai pu. J'ai voulu protéger son fils.

J'ai échoué, mais cela ne veut pas dire que je n'ai pas essayé !

Les larmes inondent mes joues. J'avance vers la statue de Marie située dans l'une des deux chapelles.

Arrivée face à la statue de marbre blanc, je m'écroule au sol.

Perdue, seule, abandonnée, traquée, je fais la seule chose dont je suis encore capable. Je prie.

— Je vous salue Marie, pleine de grâce, le Seigneur est avec vous. Vous êtes bénie entre... entre toutes les femmes, et Jésus, le fruit de vos entrailles est bé... ni... Sainte Marie, Mère de Dieu, je vous en supplie... venez-moi en aide. Vous qui êtes mère et qui avez donné la vie, accompagnez-moi, guidez-moi. Offrez-moi le salut...

Je me place à quatre pattes et prends appui sur mes avant-bras. Je le sens, la tête... la tête est presque sortie.

Je pousse de toutes mes forces et serre les dents pour ne pas faire de bruit. Aucun son ne passera mes lèvres. Je m'y refuse. Je ne les laisserai pas me trouver.

Je tends les bras vers le socle de la statue et m'y accroche. Je relève les yeux vers Marie et croise son regard de pierre.

— Pitié...

De nouveau, je pousse. Je détache une de mes mains de la statue et la passe entre mes jambes.

La tête est sortie !

Je pousse encore et encore, jusqu'à sentir le haut du dos contre mes doigts.

J'ai mal. La douleur est si forte ! Ma tête tourne, mon corps me supplie d'abandonner et d'arrêter là, mais je ne le peux. Je dois continuer. Si je renonce maintenant, elles gagneront. Elles prendront mon enfant, le vendront comme du bétail au marché et me tueront. Je ne serai plus qu'une ligne dans leurs registres. Je ne deviendrai rien. Personne.

J'ai tout à vivre, tout à expérimenter !

En pensée, je prie, je supplie la Vierge Marie de me venir en aide. Elle seule connaît mon supplice et ma vie. Elle seule me protège.

Les épaules sont passées !

Je me redresse et lutte pour ne pas laisser la douleur dans mes cuisses me trahir. Ainsi accroupie, je passe les deux mains entre mes jambes et saisis le bébé. Il glisse, mais je le rattrape. Je le tire jusqu'à moi et tombe sur le côté.

Il est là. Il est sorti.

Je ferme les yeux quelques secondes et les rouvre en entendant son premier cri. Je me tourne sur le dos et fixe les arches du plafond, incapable de le regarder.

Mes pleurs redoublent, douloureux, mais silencieux, et je le serre contre moi. Je ne pourrai jamais l'abandonner si je pose mes yeux sur lui. Je le sais. J'étais prête à prendre cet enfant dans la bassine avec moi, prête à me battre pour le fils d'Eugénie, l'enfant du mal. Que serais-je capable de faire pour mon propre enfant ?

Je halète. Ma transpiration me brûle les yeux. Le bébé pleure, mais ses cris sont légers, comme s'il cherchait simplement à me prouver sa présence, comme s'il savait qu'il ne fallait pas alerter les sœurs. Ou peut-être est-ce la fatigue qui me pousse à penser cela. Je prends une grande respiration et baisse les yeux sur la petite chose tremblante dans mes bras.

J'embrasse son front et inspire à pleins poumons son odeur. Elle remplace instantanément celle de la chair calcinée de sœur Marie-Paule. Je ne sens plus que ça. Cette odeur m'obsède. J'inspire une nouvelle fois et sens mon corps se détendre.

— Tu sens si bon…

Pourtant, objectivement, je sais qu'il sent mauvais. Je le sais, mais c'est plus fort que moi.

Il…

Est-ce seulement un « il » ?

Je sais que regarder m'empêchera de revenir en arrière, mais je ne peux plus reculer à présent. Je me redresse et m'assieds contre le socle de la statue de Marie.

C'est une fille…

Une fille…

Une émotion à la fois inconnue et familière me submerge. Je suis maman et cette enfant est ma fille. Ma petite fille.

Je pleure.

Je ne peux pas la laisser. Non, je ne peux pas l'abandonner. C'est mon enfant, ma fille ! Personne ne me l'enlèvera !

Ses joues sont bien rondes, ses petits doigts tout

rouges, son nez retroussé... Je souris et mes pleurs redoublent.

Le cordon ombilical nous rattache toujours. Si je veux pouvoir m'enfuir, je vais devoir le couper.

Mais comment ? Je ne vais pas le ronger...

Je parcours des yeux l'espace à côté de moi. Sur la table près de la statue de la Vierge trône un vase rouge.

J'inspire profondément, la fatigue me submerge, mais je dois la repousser. Je ne dois pas m'arrêter. À présent qu'elle est née, je me dois de la protéger. Je ne la laisserai jamais.

Je me redresse, serre les dents pour ne pas gémir de douleur en m'asseyant et me déplace sur le côté en pressant le bébé contre moi.

Je tends la main vers la table et parviens à saisir le napperon brodé. Je tire dessus. Le vase se rapproche.

Je reprends ma respiration, déjà essoufflée, puis tire à nouveau sur le napperon blanc. Ma main ensanglantée y laisse des traces vermeilles.

Contre moi, ma fille émet de petits pleurs discrets.

Si seulement j'avais pu lui donner naissance dans d'autres circonstances. Je donnerais tout ce que je possède pour remonter le temps et lui offrir un meilleur départ.

Le vase est à présent au bord de la table. Je tire un peu plus le napperon, alerte à ne pas faire tomber autre chose, et enfin... le vase bascule.

Je le rattrape de justesse et m'appuie contre le mur.

Je me sens si lourde... si engourdie... Mes yeux se ferment.

Je secoue la tête.

Je ne dois pas dormir !

Mes doigts se serrent autour du vase alors que ma main s'élève à une dizaine de centimètres du sol. Puis, je frappe le vase au sol. Il éclate en plusieurs morceaux et je saisis le plus large, mais aussi celui qui me paraît le plus aiguisé.

De ce que j'ai lu dans mes manuels, je devrais utiliser un instrument stérile ou chauffé, mais je n'ai pas le temps. Les sœurs ne doivent pas me retrouver. Je ne peux pas non plus attendre qu'il se rompe seul.

Je relève la tête et guette un bruit ou une présence.

Rien.

Personne.

Nous sommes seules.

Je dirige le morceau de verre rouge vers le cordon ombilical, les mains tremblantes, je l'appuie dessus et tire. Le cordon glisse entre mes doigts et je dois m'y reprendre à plusieurs fois avant de commencer à l'entailler. En même temps, le verre s'enfonce dans la paume de ma main et je sens un liquide chaud s'écouler contre ma peau. Étrangement, je n'ai pas mal.

Je tranche encore. Mon bébé bouge, elle ne doit pas aimer la sensation, mais c'est pour son bien aussi que je fais tout cela.

J'arrive à la fin. Le bout de verre entaille mon doigt et je grimace. Ce coup-là, je l'ai senti.

Le cordon se sépare enfin en deux. Je lâche le morceau de vase et ferme les yeux. Juste quelques secondes.

Quelques petites secondes.

Le temps de récupérer mes forces.

Cela ne sera pas long...

CHAPITRE 17

Quelqu'un entre dans l'église.

Je sursaute et rouvre les yeux.

Ai-je dormi ?

Que s'est-il passé ?

Mon regard se pose sur ma fille contre moi. Elle tente d'ouvrir les yeux, mais les referme aussitôt. Elle est si calme... si paisible... Si belle, parfaite...

Des bruits de pas résonnent jusqu'à nous. Je recule et me terre derrière la statue de la Vierge Marie.

Au moment où la porte se referme, un courant d'air traverse la nef et éteint les bougies.

Je serre ma fille contre moi et lui donne instinctivement le bout de mon doigt à sucer. Je la recouvre avec ma cape.

Je n'entends qu'une paire de pas. Une seule nonne est entrée. Me cherche-t-elle ou vient-elle prier ?

Une lueur orangée dans l'obscurité de l'église m'indique que quelqu'un avance, éclairée à l'aide d'une bougie.

Des traînées d'urine indiquent mon chemin.

Je recule un peu plus derrière la statue et maintiens ma fille contre moi.

— Ça va aller, murmuré-je pour la rassurer.

Ma voix l'interpelle, elle délaisse mon doigt et un gémissement s'élève de sa gorge.

Non, non... Elle ne doit pas pleurer ! On va nous repérer !

— Chut... Non, ne pleure pas...

Que puis-je faire ? Je ne sais pas ces choses-là !

Je tente de me rappeler ce que ma nourrice faisait pour me calmer lorsque j'étais enfant – elle était bien plus aimante et douce que ma mère – et je serre ma fille contre ma poitrine pour la bercer. Elle se détend un peu, mais n'arrête pas pour autant de pleurer.

Les bruits de pas se rapprochent.

Je pose ma main sur la bouche du bébé pour masquer ses pleurs et tends l'oreille.

La sœur suit les traces sur le sol.

Je bloque ma respiration.

Enfin, je la vois. Son habit bleu, sa coiffe blanche. Sa silhouette voûtée en deux. Ses tremblements dans les mains.

Irène.

Elle observe le sang au sol, une main plaquée sur la bouche. La flamme de la bougie qu'elle tient éclaire tout juste son visage pour me permettre de deviner ses yeux gonflés de larmes.

Elle ne me voit pas. Pas encore, mais cela ne saurait tarder. J'ai laissé une longue trace de sang derrière moi.

Irène se tourne enfin dans ma direction et tend sa bougie face à elle. Elle avance de plusieurs pas et baisse la tête vers ma cachette. Je capte son regard. Ses yeux descendent vers le bébé dans mes bras. Je retire ma main de la bouche de ma fille et un petit cri s'élève d'elle.

Désolée, je n'avais pas le choix.

Une larme coule sur la joue d'Irène lorsqu'elle réalise que je viens d'accoucher seule, ici. Son regard glisse sur la statue de la Vierge Marie.

— Tu vas m'aider ?

Cette sotte tremble comme une feuille, elle est à deux doigts de tomber de nouveau dans les pommes. Une marque sur son front témoigne de son malaise devant le corps de Mélinda. Je ne peux pas vraiment la blâmer, la vue était terrible, seule une personne forte pouvait la supporter.

— Irène... Tu vas m'aider ?

Elle halète et regarde derrière elle. Personne d'autre n'arrive.

Elle a beau être naïve et lente, Irène est mon dernier espoir. Elle connaît le couvent et ses passages. Elle pourrait nous faire sortir, le bébé et moi.

— Irène, tu sais ce qu'il se passe ici... Tu l'as vu...

Tu as vu Mélinda... Elles ont tué son bébé parce qu'il n'était pas blanc... Elles... Elles veulent ma peau aussi... Ils ont tué Eugénie... Ils l'ont ouverte devant moi pour récupérer son bébé., parce que c'était un garçon. Tu dois m'aider à sortir d'ici. Quelle heure est-il ?

Elle secoue la tête, le visage horrifié.

— Quelle heure il est, Irène ? Réponds-moi !

Ses lèvres tremblent, mais elle ne parle toujours pas.

— Je suis en danger, arrête avec ton vœu de silence. Tu penses que c'est ce qu'elle voudrait ?

Je pointe la statue au-dessus de moi. Marie, ma protectrice.

— Tu penses vraiment qu'elle voudrait que je meure ainsi ? Et mon bébé ? Ma fille ? Elle est innocente.

Elle observe l'enfant puis moi.

Elle n'a pas besoin de poser la question pour que je comprenne ses interrogations. J'étais venue ici dans le but de vivre ma grossesse à l'abri des regards. Je n'étais pas censée repartir avec l'enfant. Je devais la laisser derrière moi.

Je renifle et lui explique :

— Je ne peux pas l'abandonner, plus maintenant. C'est... C'est trop tard, je ne la laisserai pas ici. Je... Je ne peux pas. Pas après tout ce que j'ai vu. Quelle heure est-il, Irène ?

Elle lève sa main libre face à moi et écarte quatre doigts.

— Quatre heures ?

Elle hoche la tête.

Le temps a filé sans que je m'en aperçoive.

Gustave ne m'aura pas attendue. Je le sais. Je ne me leurre pas.

— Emmène-moi au portail !

Je tente de me lever, mais la douleur me paralyse. Elle doit m'aider.

Je partirai à pied s'il le faut, mais je partirai. Le portail donne sur une route, avec un peu de chance, quelqu'un passera à ce moment-là. Et si ce n'est pas le cas, je marcherai autant de temps qu'il le faudra. Ma tutrice racontait que sa mère travaillait aux champs lorsqu'elle a accouché d'elle. Elle a enfanté seule et a repris le travail après avoir déposé le nourrisson à la maison. Si cette femme en a été capable, je le serai aussi.

Je tends le bras vers la novice.

— J'ai besoin de toi. Aide-moi. Tu sais ce qu'il se passera si elles m'attrapent, elles me tueront pour protéger leurs secrets. Tu pourrais partir avec moi, tu n'es pas comme elles, tu n'es pas capable de choses aussi terribles.

Irène hoche la tête plusieurs fois et saisit mon bras.

CHAPITRE 18

Irène m'entraîne dans des couloirs à peine éclairés que je ne connais pas. Je m'appuie sur elle pour avancer. Je saigne encore, mais rien d'inquiétant, j'ai accouché seule, j'ai dû me déchirer quelque chose, et puis il est normal de saigner.

La fatigue, elle, ne recule pas. J'ai besoin de me reposer.

Nous avons dû nous arrêter afin que j'expulse le placenta. Je ne m'attendais pas à devoir autant pousser, je pensais vraiment qu'il glisserait seul. Nous le laissons là, nous n'avons pas le temps de le cacher.

Je sème toujours des gouttes de sang derrière moi. Le bas de ma robe et de ma cape en est recouvert.

Alors qu'Irène m'indique que nous allons bientôt sortir, je baisse les yeux sur ma fille sous ma cape. Elle est nue.

Je me tourne vers Irène et lui chuchote :

— Donne-moi ton voile...

La novice hausse un sourcil avant de suivre mon regard. En posant les yeux sur le bébé dans mes bras, elle n'hésite pas à une seule seconde. Pour une fois. Elle se défait de son voile, me révélant au passage ses longs cheveux bruns tressés en arrière, et m'aide à envelopper ma fille avec.

D'un geste de mains, elle me propose de la prendre, mais je refuse. Jamais je ne pourrais la confier à quelqu'un d'autre. Jamais. Cette pensée me révolte.

Irène n'insiste pas et vérifie que nous ne sommes pas suivies avant de m'indiquer de continuer.

Bientôt, nous arrivons devant une grande porte. Irène la pousse, mais rien ne se passe. Elle est fermée. La novice s'agite et regarde partout autour d'elle.

Il doit bien y avoir une clef quelque part ! Les dangers viennent de l'extérieur, pas de l'intérieur ! Enfin, ça, c'est ce que je croyais.

L'image de sœur Marie-Paule en train de brûler me revient.

J'ai fait ça.

Moi.

J'ai tué un autre être humain.

Une sœur.

Je me défendais, je le sais, je me le répète encore et encore, mais l'implacable réalité ne me quitte pas.

J'ai tué.

Alors que je pensais en être délivrée, l'odeur de chair calcinée, bien trop semblable à celle du porc rôti, me revient, et avec elle, une violente nausée.

Je jette un coup d'œil en arrière, prête à découvrir des nonnes en train de me poursuivre, couteaux à la main, afin de venger sœur Marie-Paule. Mais rien.

Me cherchent-elles ? Ont-elles compris ? Savent-elles que *je* suis responsable ?

Moi, je le sais.

Irène trouve enfin la clef de la porte et la déverrouille. Elle la tire et un courant d'air glacé nous frappe. Je me tourne sur le côté pour protéger ma fille et manque de tomber.

Un vertige.

Irène me soutient, m'aide à sortir et referme la porte derrière nous.

Dehors, l'obscurité règne en maître et la pluie s'abat sur nous sans pitié. Je ne parviens pas à reconnaître notre position. Sommes-nous près du portail ? De la forêt ?

Je lève les yeux.

La lune paresse ce soir, elle n'éclaire pas autant qu'elle le devrait.

Je sanglote, je ne peux stopper mes larmes. Mes nerfs lâchent. Je suis gelée, trempée, épuisée...

— Je veux rentrer chez moi...

Je sens Irène m'attraper le bras. J'inspire un air

froid qui me brûle les narines et les poumons, mais me débarrasse aussitôt du souvenir de Marie-Paule.

J'y suis presque.

Je suis la novice qui se dirige avec assurance droit devant elle. Je ne peux marcher aussi rapidement qu'elle. Je ralentis, m'arrête presque.

Je regarde en arrière. Le couvent se dresse dans la nuit comme une ombre malfaisante.

Irène m'attend et m'aide à avancer. Moi qui pensais qu'elle était bête et faible... Je me suis trompée sur son compte. Elle a bien plus de nuances que ce que je croyais. Pour nous sauver, elle n'hésite pas à trahir sa congrégation. Mais enfin, après tout, la congrégation des Pascalines n'aurait-elle pas trahi la première ses vœux ? Les sœurs étaient censées nous aider, nous protéger et nous libérer de notre fardeau, pas nous traiter comme du bétail, nous et nos enfants...

Je repense à ce nourrisson dans la bassine...

Des monstres. Voilà ce qu'elles sont ! La peur et la faim n'excusent pas tout, non... Pas ça en tout cas.

Irène m'emmène jusqu'aux écuries. J'imagine alors la pluie nettoyer le sang du cheval que les sœurs ont tué pour nous nourrir et frissonne. Elles ont sacrifié leur seul étalon. Je l'ai mangé. Je savais ce que c'était et je l'ai mangé...

Irène pousse la porte de l'écurie et allume une lampe à huile. À l'intérieur, nous sommes enfin au sec.

Je décale ma cape et observe ma fille. Elle gesticule doucement.

Dans les box, je reconnais les deux chevaux de la voiture du docteur. Irène m'aide à m'installer dans une stalle vide et à me débarrasser de ma cape imbibée d'eau. Le foin sec ne crée pas assez d'amorti pour apaiser mes douleurs. J'ai si mal. Je pensais que la souffrance passerait une fois le bébé sorti... Quelle naïveté ! Comment ai-je pu croire une telle chose ? J'ai bien vu les filles qui restaient au couvent après leur accouchement. Elles ne marchaient pas les jours suivants, plusieurs semaines parfois.

Une main se pose sur mon front.

— Je vais bien...

Irène dépose la lampe au sol et s'assied près de moi. Je tourne la tête vers elle. Elle se tient le visage à deux mains, choquée, les yeux embués de larmes. Elle aussi est trempée. Le bas de son habit est imbibé de boue, tout comme le bas de ma robe l'est de sang.

Je baisse les yeux vers ma fille. Ses lèvres se tendent en avant et je prends soudain conscience de la douleur dans mes seins. Deux auréoles sur ma robe indiquent que j'ai eu une montée de lait. Je ne m'en suis pas rendu compte.

Je tire sur le tissu, mais ne parviens pas à en extraire mon sein imposant. Jamais ils n'ont été aussi gros et endoloris.

Irène se redresse et me seconde pour m'aider à

libérer mon sein droit. J'approche ensuite ma fille qui manque mon téton enflé à plusieurs reprises. Enfin, après plusieurs tentatives, elle tète.

Je fronce les sourcils. Ce n'est pas une sensation agréable du tout. Ce que les sœurs nous racontaient est complètement faux ! Je serre les dents, mais ne bouge pas. Elle doit manger.

Le regard d'Irène s'adoucit alors que les bruits qu'émet ma fille nous bercent toutes les deux.

Elle n'a pas de nom. Elle n'est pas baptisée. S'il lui arrive quoi que ce soit... elle sera condamnée aux enfers.

Je soupire.

J'ai tué sœur Marie-Paule, la matrone. La seule nonne capable de dispenser un baptême en l'absence d'un prêtre.

Quelle hypocrisie ! Pourquoi les femmes ne pourraient-elles pas baptiser ? Donner les derniers sacrements ? Animer une messe ? Nous sommes tout aussi capables que les hommes ! Marie était une femme, elle a mis au monde Jésus ! Marie-Madeleine aussi a été une figure importante de la vie du Christ. Pourquoi notre religion condamne-t-elle autant les êtres de mon sexe ?

Une larme roule le long de ma joue.

— Je ne sais pas comment l'appeler...

Ma voix n'est qu'un souffle. J'ai perdu tant de force.

Irène baisse les yeux.

— Tu ne voudrais pas rompre ton vœu... de silence ?

Elle secoue la tête.

Je soupire.

— Bien... Très bien.

Des prénoms traversent mon esprit alors que ma fille mange presque goulûment. Elle ne mérite pas un nom commun qui a déjà été donné à une multitude de femmes, non... Elle mérite un prénom fort, ambitieux, énigmatique.

— Amantine, murmuré-je.

Le véritable prénom de George Sand. Oui. Amantine, cela me paraît bien. Je lui souhaite le même destin que cette femme. Le destin que je désirais vivre, celui qui m'était destiné. Je rêve de rencontrer l'écrivaine, mais à chacun de ses passages près de chez nous, mon père refusait que je me rende aux soirées où elle était invitée. Il craignait que son influence me pousse à chercher davantage d'indépendance. Puis la guerre est arrivée et, avec elle, le siège de Paris.

Un petit sourire étire les lèvres d'Irène.

— Tu aimes toi aussi ?

Elle hoche la tête. Je doute qu'elle sache qui est Amantine de Francueil. Je me demande même si elle a déjà lu George Sand.

Eugénie savait lire... J'aurais pu lui prêter mes livres, lui faire la lecture ou lui donner des leçons pour améliorer son orthographe. J'aurais préféré l'avoir elle près de moi. J'aurais préféré qu'elle ait été la première à entendre le prénom de ma fille.

Ce matin même, je rêvais de me débarrasser d'elle et à présent, alors que je nous voyais nous enfuir ensemble, son absence creuse un vide dans mon cœur.

Les larmes embuent mes yeux à nouveau.

CHAPITRE 19

Irène se ronge tellement les ongles que je pense qu'elle va bientôt en venir à l'os. Ses bruits m'agacent. Je ne songe qu'à me reposer et elle ne peut s'empêcher de bouger dans tous les sens, de se lever pour vérifier que personne n'arrive – ça, je ne peux pas vraiment lui en vouloir –, de se triturer les doigts ou de taper des rythmes complètement irréguliers sur le sol.

Amantine dort. Elle est repue. Elle s'est vomi dessus et je l'ai essuyée avec le voile d'Irène.

Qui aurait cru que je ne m'insurgerais pas d'une personne régurgitant sur moi ? Pas moi en tout cas.

Irène se penche sur mon épaule et inspecte la plaie.

— Ce n'est rien, lui assuré-je.

Ma main remonte à la broche avec laquelle j'ai entaillé la joue de sœur Marie-Paule.

Je ne peux lui révéler qui m'a blessée. Pour cela, il faudrait que je lui avoue avoir tué sœur Marie-Paule…

et même si je suis certaine qu'elle est déjà au courant – comment quiconque aurait pu manquer ses cris ou l'odeur qui s'est répandue dans les couloirs ? –, je suis bien incapable de parler de cela. Je repousse donc le souvenir de la nonne en train de brûler vive et visualise plutôt le futur.

— Gustave ne m'a pas attendue, n'est-ce pas ?

Ma voix est si faible que je peine à entendre mes propres mots.

Irène détourne le regard.

Je ne me fais pas d'illusions, je sais que Gustave est reparti, j'avais seulement besoin d'évoquer mon espoir, mais son geste est bien trop marqué pour que je le manque.

— Quoi ?

Elle ne bronche pas.

— Je sais qu'il ne m'attend pas... Je ne suis pas sotte... Je... Je partirai aux premières lueurs du jour. Avec un peu de chance, il sera de retour pour demander à me parler... ou aura contacté mon père... Peut-être... Non. Je sais bien qu'il n'y aura personne. Mais si je franchis le portail... quelqu'un finira bien par passer sur la route. Ils pourront me...

Je suis essoufflée. J'expire avec difficulté. Je retrouve ma respiration, inspire et continue, la voix de plus en plus basse.

— S'il y a quelqu'un, ils m'aideront. Je ferai appeler Gustave.

Un cheval hennit dans l'écurie. Je ne suis pas la seule à ne pas dormir.

Mes paupières se ferment d'elles-mêmes et je me force à les rouvrir.

Irène me fixe, les larmes aux yeux. Pourquoi pleure-t-elle encore ?

— Quoi ?

Elle pince les lèvres et renifle.

— Il n'est pas venu...

Je ne m'attendais pas à entendre sa voix. Je ne sais pas ce qui me choque le plus, l'entendre briser son vœu de silence ou les mots qu'elle a prononcés.

— De quoi ?

Ses lèvres tremblent, elle s'essuie les yeux avec la manche de son habit, puis entortille ses mains sur ses cuisses.

Que veut-elle dire ? Pourquoi ne me répond-elle pas ?

— Pourquoi tu dis ça ?

Elle secoue la tête.

— Je n'ai pas eu la force de te le dire, m'avoue-t-elle.

De quoi parle-t-elle ?

— Gustave, il... il t'a écrit...

Mon souffle se coupe. Elle m'a menti. Elle ne m'a pas transmis sa lettre. J'ai envie de crier, de lui hurler dessus, mais la raison de son acte de dissimulation me percute.

Lors de notre dernière rencontre, j'avais trouvé Gustave étrange. J'avais mis cela sur le compte du froid et de la fatigue du voyage, mais je ne m'étais pas trompée, il y avait bien quelque chose de différent.

Je continue de fixer Irène, incapable de prononcer un mot.

A-t-elle lu la lettre ? Il me semblait bien que les deux dernières qu'elle m'avait fait passer avaient été ouvertes. Je ne m'étais pas offusquée. La vie d'une nonne en couvent, surtout une novice, n'est pas passionnante, je ne pouvais pas lui en vouloir d'avoir cherché à se divertir en laissant libre cours à sa curiosité.

La novice sort une missive à moitié froissée de l'une de ses poches et la déplie. Elle déglutit, puis me la tend.

Je ne vois rien, je suis trop fatiguée pour lire. Je n'aperçois que des lignes floues que je ne parviens pas à déchiffrer. Ce que je peux dire en revanche, c'est que la lettre de Gustave est bien plus courte que d'ordinaire. Il avait pour habitude de m'écrire des courriers de plusieurs pages, me racontant en détail ses journées et ses semaines, me relatant ses exploits de chasse, ou bien encore ses dernières rencontres bourgeoises.

— Lis-la-moi...

Irène acquiesce et ramène la lettre à elle. Elle rapproche la lampe et lève les yeux une nouvelle fois vers moi.

— *Louise*, commence-t-elle.

Mon sang se glace. Pas de « Ma chère Louise », de « Mon tendre amour », ou autre introduction affectueuse. Non. Un simple et insipide « Louise ». J'ai l'impression qu'on me plante un pieu dans le ventre.

Les larmes me montent aux yeux. Je sais que je devrais lui dire d'arrêter, que connaître les raisons de ce changement d'attitude ne ferait que me blesser encore plus, mais je n'en suis pas capable. Je dois savoir. Je dois comprendre.

Elle s'est arrêtée et m'observe. Je l'encourage à continuer d'un léger geste de menton.

— *Louise*, reprend-elle, la voix chevrotante. *Je ne sais comment t'exprimer ce que je ressens, alors, afin de t'épargner une lecture pénible, je ferai vite, en espérant que tu puisses un jour me pardonner. Ton absence de Paris se fait sentir depuis longtemps. Les gens parlent et se posent des questions. Les rumeurs courent quant à la raison de ton éloignement. Tes parents continuent d'assurer que tu es souffrante, mais cela ne suffit plus. Tu sais comment mon père et ma mère, surtout ma mère, souhaitaient une union de nos deux familles. Nous nous réjouissions déjà, toi et moi, mais ma mère a eu vent des rumeurs et se doutait que l'enfant que tu portes était de moi. Je le lui ai confirmé, mais elle proteste que tu es la seule à savoir qui est le père de cet enfant et elle refuse à présent l'alliance de nos familles. Je sais qu'il est de moi, Louise, je ne te crois pas capable d'une telle tromperie, mais tu dois comprendre que je jouis pour l'instant d'une réputation de plus en plus grande, je ne peux me permettre de l'entacher.*

Irène s'arrête et lève les yeux vers moi.

Je respire plus rapidement, chaque inspiration m'apportant de moins en moins d'oxygène. Je me mords la lèvre pour ne pas hurler de colère. Je ne pleure plus. Hors de question que je verse une larme de plus pour cet homme !

Quel lâche !

Irène reprend sa lecture.

— *Je ne reviendrai pas. Je ne peux pas. Je n'écrirai plus non plus après cette dernière lettre. Mère ne voulait pas que je l'envoie, mais je pense que je te le dois. Je suis désolé de ne pas avoir réussi à te parler la dernière fois que je suis venu, je ne pouvais concevoir de te voir pleurer. Toi qui as toujours été si fière, je suis certain que tu apprécies mon geste de t'écrire tout cela afin que tu puisses laisser libre cours à tes émotions à l'abri des regards.*

Un ricanement sarcastique m'échappe. Je le savais lâche – après tout, il avait réussi à tromper l'armée pour ne pas aller au combat –, mais pas couard à ce point ! Il déguise son ignoble trouillardise sous couvert de me rendre service. Que croit-il ? Que je me serais effondrée devant lui ? Que je l'aurais supplié de ne pas me rejeter ? Ridicule. Je lui aurais ri au nez ! Je serais partie la tête haute. Jamais je ne salirais ma dignité pour un homme. Pour personne d'ailleurs !

Je n'ai qu'une hâte : retourner à la capitale et me trouver un meilleur parti, un bien meilleur. Et lui faire regretter. Je ne me pavanerai pas, non, cela en dirait bien trop long sur mes intentions. Je resterai discrète afin que ses connaissances lui apprennent ma nouvelle union une par une. Les regrets l'étoufferont.

Irène continue. J'en ai assez entendu, mais je ne l'arrête pas. Jusqu'où est-il allé dans ses excuses ?

— *Mère m'a présenté quelqu'un. Elle n'est pas toi, c'est certain, personne ne l'est, mais sa jeunesse, sa gentillesse et sa candeur m'émeuvent. Elle est simple et je pense que c'est de cela que j'ai besoin. Cela me réussira mieux. Je n'envisageais pas d'y donner suite au départ, mais ton absence et les changements physiques dus à ta grossesse m'ont poussé à me laisser tenter. Je m'excuse tant de te faire de la peine, vraiment. Sache bien, Louise, que je ne t'oublierai jamais. Tu resteras pour toujours ma première.*

Irène se mord la lèvre et termine.

— *Amicalement, Gustave.*

Je ris. Irène sursaute en entendant mon éclat de voix et me fixe plusieurs secondes, presque inquiète.

— Quel... Mais quel...

Mon rire nerveux m'empêche de terminer ma phrase. Je sens des larmes poindre à mes yeux, mais elles n'ont rien à voir avec la tristesse, ce sont des larmes de rire, d'exaspération. Gustave m'a abandonnée comme un vieux déchet et plutôt que d'assumer sa lâcheté et sa tromperie, il m'accable de reproches déguisés.

Moi qui pensais qu'il serait un bon parti, car il semblait intéressé et respectueux... Je dois reconnaître l'avoir mal jugé.

— C'est tellement facile, soufflé-je entre deux rires.

— C'est injuste, insiste Irène.

J'acquiesce.

— Oui. Mais c'est un homme... J'aurais dû m'y attendre. Oui... Oui, Irène. C'est injuste. Il est aussi responsable que moi pour Amantine, pourtant il s'en sort sans encombre, sans rien. Et il ose me dire que mon corps a changé !

Irène secoue la tête, dépitée. Elle qui est si pieuse, cette soirée lui a-t-elle fait perdre la foi ?

Mon rire se calme et disparaît. Il est bientôt remplacé par le paradoxal mélange de l'espoir de pouvoir m'échapper d'ici et la peur de rentrer chez moi avec Amantine dans mes bras.

— J'ai soif...

À ces mots, Irène se lève et sort du box. Je l'observe partir, inquiète, mais elle revient rapidement, un seau rempli d'eau dans les mains. Le seau des chevaux.

Vais-je vraiment boire là-dedans tel un animal ?

Oui...

Je vais le faire.

Je vais boire l'eau des chevaux.

J'ai si soif... Je suis si fatiguée... Je sais que je n'ai pas le choix. J'ai envie de refuser et de réclamer un verre ainsi qu'une eau claire et propre, mais je suis consciente que cela ne servirait à rien.

Irène pose le seau près de moi et plonge ses mains à l'intérieur. Elle les ressort, serrées l'une contre l'autre, et les approche de ma bouche, des gouttes fuyant entre ses doigts.

J'observe cette eau à moitié croupie, le nez froncé, mais abdique. Je maintiens Amantine contre moi et penche la tête pour me désaltérer. L'eau est infecte, mais je me refuse à tenter de deviner d'où cela vient.

— Encore, supplié-je.

Irène s'exécute.

J'ai si soif.

J'ai faim aussi.

Enfin, ma soif est étanchée et je laisse ma tête retomber contre le panneau de bois derrière moi.

Irène boit à son tour et se passe de l'eau sur le visage. Je pose les yeux sur Amantine. Peut-être devrais-je la laver. Mais avec cette eau ? Vraiment ?

Non.

Et puis, je n'ai pas le temps. Je dois atteindre le portail aux premières lueurs du jour.

— Tu as faim ? me demande Irène.

Je me retiens de lâcher un « alléluia » et me contente d'acquiescer. Je me sens nauséeuse, mais je sais aussi qu'il faut que je mange. Je dois reprendre des forces.

Irène part faire le tour de l'écurie, mais revient les mains vides.

— Il n'y a rien ici, soupire-t-elle.

Je ferme les yeux, déçue, mais pas vraiment étonnée.

Je pense aux chevaux dans les box voisins. Serait-ce difficile de les tuer ? Pourrais-je manger leur viande crue ? Comment la découper ?

Je divague…

— Je… Je pourrais peut-être… aller aux cuisines, balbutie Irène.

Je rouvre les yeux et les pose sur la novice face à moi qui me fixe, hésitante.

— Non !

— Mais tu dois manger.

— Tu ne peux pas nous abandonner ! On doit partir ensemble !

Irène regarde ses mains, puis le bébé et enfin moi.

— Tu n'iras nulle part si tu ne reprends pas des forces, Louise. Je… Je saurai me faire discrète… Je te le promets. Personne ne fait attention à moi ici, tu sais.

Je secoue la tête. Si les autres sœurs lui tombent dessus, elles ne la laisseront jamais partir, elle ne reviendra pas m'aider et je ne réussirai jamais à m'échapper.

— Ne m'abandonne pas, pitié…

Je la supplie ? Moi, vraiment ? Je me dégoûterais presque... L'ancienne moi, en tout cas, serait révoltée d'un tel comportement.

— Je reviens vite, affirme la novice, les cuisines sont tout près. Dès que tu auras mangé, nous partirons.

Irène serre ma main entre les siennes. Ses doigts tremblent. Elle a peur. Elle a bien raison. Je n'ose imaginer ce que les sœurs pourraient lui faire si elles découvraient qu'elle m'a aidée.

Mais... elle dit vrai. J'ai perdu trop d'énergie, j'ai besoin de manger.

Je l'observe s'éloigner à contrecœur. Quelques secondes plus tard, la porte de l'écurie s'ouvre et claque dans la nuit. Elle m'a laissé la lampe, c'est au moins ça. Je baisse l'intensité de la flamme au minimum pour ne pas éveiller les soupçons.

Je soupire et observe Amantine dans mes bras.

Que va-t-il nous arriver ?

CHAPITRE 20

Je rouvre les yeux.

Je me suis endormie. Je serre Amantine contre moi et caresse sa joue du bout du doigt. Elle est si douce.

Je patiente jusqu'aux premières lueurs du jour. Irène ne revient pas. Elle ne reviendra pas. Je frissonne à cette pensée et mon corps entier me dicte de me lever. Je dois partir. Je ne peux me permettre de l'attendre.

Après plusieurs tentatives infructueuses, je parviens à me hisser debout. Amantine gémit et je la berce dans mes bras en chantonnant. Très vite, elle s'apaise.

Où aller ?

Je sors du box dans lequel je me suis réfugiée. En passant devant ceux des chevaux du médecin, je remarque qu'ils ne sont plus là. Quelqu'un est venu les chercher, les atteler et ne m'a pas vue. Pire encore, je n'ai rien entendu. J'aurais pu me faire prendre, Amantine aurait pu pleurer.

Mon cœur s'agite. Je me dépêche et arrive à l'entrée de l'écurie.

Je ne sais pas si je me suis habituée au froid ou si les températures sont montées, mais je ne grelotte plus.

Je passe la tête par la porte d'entrée et observe l'extérieur.

Le silence règne sur le domaine. Une brume légère recouvre l'herbe encore humide. Le couvent ne paraît plus si sombre à présent que les rayons du soleil réchauffent ses pierres.

Je me tourne vers le portail ouvert au bout du chemin et vois une carriole passer sur la petite route qui longe la forêt.

C'est mon moment. Je dois le saisir.

Prudente, aux aguets, le cœur battant si fort qu'il menace de bondir hors de ma cage thoracique, je me dirige vers les immenses grilles en fer forgé.

Je lance un regard en arrière. Personne.

Vers le couvent. Toujours personne.

Enfin, mes prières sont exaucées !

Une pensée pour Irène me traverse et je marque un arrêt de quelques secondes pour contempler le bâtiment de pierre. Les scrupules m'inondent, mais je ne peux retourner la chercher. Pas avec Amantine dans mes bras.

— Pardon, Irène...

J'arrive devant les grilles, tends la main pour sentir la surface froide et humide sous mes doigts et un sanglot m'échappe.

J'y suis ! J'y suis enfin !

Je sors du domaine, prête à apercevoir une légion de sœurs m'attendre – de toute évidence, je ne dois pas penser mériter de survivre –, mais ne vois personne. Une brise fraîche me fouette le visage et me rappelle que je suis encore en vie.

Je dois continuer ! Ne pas m'arrêter.

Je traverse la route, m'enfonce entre les arbres pour me cacher et me mets en route.

Je ne sais pas combien de temps je marche avant de devoir faire une pause. Il me semble que le soleil a changé de position dans le ciel, mais je ne pourrais dire si une heure est passée ou plus.

Les muscles de mes bras se tétanisent. Amantine n'est pas lourde, mais la maintenir contre moi me demande beaucoup de force.

Je trébuche sur une racine, me rattrape au tronc d'un arbre et m'arrête pour reprendre ma respiration.

Je me retourne.

Je ne vois plus le couvent.

Je suis peut-être sauvée.

Lorsque je suis certaine de m'être assez éloignée du couvent, je quitte l'abri réconfortant de la forêt pour longer la route. Je ne parviendrais jamais à rejoindre Paris à pied, je le sais. Même sans avoir accouché, je n'aurais pas pu.

Je marche lentement, tête baissée, les yeux posés sur ma fille.

Je repense à Eugénie. Son sourire me revient. Sa naïveté, sa douceur... sa confiance.

Puis je revois le corps de sœur Marie-Paule, de Mélinda et de son fils. Le dégoût me submerge à nouveau.

À travers les sons de la campagne et de la forêt, je perçois un *ploc ploc* familier porté par le vent. Des bruits de sabots. Ils viennent de derrière moi. J'entends des roues les suivre. Une carriole !

Je m'arrête. Cela pourrait être les sœurs qui me cherchent comme un paysan qui se rend au village le plus proche.

Je me mords la lèvre et Amantine pleure contre moi.

C'est un risque. Et je le prends.

Je m'avance sur la route et entrevois enfin la silhouette d'un cheval tirer une carriole de bois.

Des larmes roulent sur mes joues alors que je lève un bras en l'air pour lui demander de s'arrêter. L'homme aux cheveux gris tire sur les rênes et son visage se déforme sous la surprise.

Mes jambes vacillent. Je n'ai jamais vu cet homme auparavant. Je ne le connais pas. Il n'est jamais venu au couvent.

— Nous sommes sauvées, Amantine...

La carriole s'arrête et le paysan descend d'un bond sur la route.

— Hé, mademoiselle ! Ça va ?

Mon esprit s'embrume. Je le distingue arriver vers moi juste à temps avant de m'effondrer.

Quatre mois ont passé depuis que cet homme nous a secourues sur la route.

Quatre mois que j'ai échappé au couvent des Pascalines.

Debout devant la fenêtre de ma chambre, j'observe Paris s'animer. Amantine dort dans son berceau près de moi. J'ai refusé qu'on l'installe dans une autre pièce. J'arrive à peine à me détacher d'elle. Ce soir sera notre première séparation.

Ce soir, je retourne au bal.

On frappe à la porte et je sursaute. Sarah entre. À la vue de son uniforme bleu surmonté d'un tablier blanc, je me détends et soupire de soulagement.

Me voyant sourire, elle sourit à son tour.

— Bonjour, Louise. Allez-vous vraiment me

regarder avec ces yeux-là à chaque fois que j'entrerai dans votre chambre ? Je ne me plains pas, cela dit.

Je ris.

— Je vais avoir besoin d'aide pour me préparer pour ce soir.

— Mais il n'est que 9 heures. Le bal ne commencera pas avant le coucher du soleil.

Je me tourne de nouveau vers la fenêtre.

— Je dois être parfaite. Gustave sera là.

Et je dois lui faire payer son affront.

Inutile de me retourner pour savoir que Sarah hoche la tête, un rictus aux lèvres. Elle est aussi impatiente que moi.

La calèche s'arrête devant l'immeuble haussmannien inauguré deux ans auparavant et mon cœur bat si fort que j'en ai la nausée. Sarah m'a accompagnée. Elle regarde par la vitre et se tourne vers moi.

— Il n'y a que du beau monde ! s'exclame-t-elle, enthousiaste.

Elle m'observe de la tête aux pieds.

— Vous êtes somptueuse, Louise. J'en ai les larmes aux yeux.

J'acquiesce.

Je le sais. Je prépare cette soirée depuis plusieurs semaines.

Je tends la main vers les rideaux de la fenêtre et les écarte. J'aperçois plusieurs femmes vêtues de robes à manches bouffantes, multiples tournures, nœuds et ornements de couleurs, monter les marches du bâtiment. Des hommes les accompagnent, portant tous les mêmes costumes et chapeaux, ne se distinguant les uns des autres que par leurs accessoires.

J'effleure le pendentif de mon collier.

Pour faire regretter leurs médisances aux autres filles, pour les faire hurler de jalousie, je n'avais d'autres choix que de me démarquer.

Je pose une main sur ma poitrine. Mon corset est si serré que je peine à respirer.

— Ça va aller ? s'inquiète Sarah. Je pourrais le délacer si...

— Non ! Non...

Je lève la tête vers la petite fenêtre.

— Cocher ? Éloignons-nous. Je veux entrer parmi les dernières.

J'entends les rênes claquer et la calèche avance.

Ils doivent tous me voir arriver.

Tous.

Lorsque la calèche avance de nouveau devant la résidence de nos hôtes, je repense à ces dernières semaines d'humiliations, à ces notes reçues par courrier, à ces quolibets rapportés par Sarah et les autres servantes, aux regards pleins de tristesse de mes parents, à ces opportunités manquées, à Eugénie et à Irène...

On ouvre ma portière et une main se tend vers moi. Je la saisis. Je ne porte pas de gants comme le voudrait l'étiquette du moment. Pas un seul bijou n'orne mes poignets ni mes doigts.

Je descends les marches et me redresse. C'est la première fois que je sens mes cheveux sur mes épaules lors d'un bal. Sarah me les a attachés en une coiffure simple, un demi-chignon bien éloigné des coiffages complexes dont j'avais l'habitude.

Le bas de ma jupe en velours écarlate frôle le sol. Pas de tournure ni de crinoline pour moi ce soir. Une robe simple elle aussi – trop, m'a indiqué le couturier – au corset en pointe et au décolleté juste assez plongeant pour inviter à en voir plus. Mais là où je sais faire hurler les pros de l'étiquette : ni manches ni bretelles. Mes épaules sont nues.

Un rouge aussi vif que ma robe orne mes lèvres tandis que mes yeux verts sont rehaussés d'or.

Sarah me suit à plusieurs mètres alors que je monte les marches qui me séparent de ceux qui m'ont méprisée.

Enfin, la porte s'ouvre devant moi. Uniquement pour moi.

Les premiers regards se tournent dans ma direction et les conversations se dissipent. Au loin, j'entends une valse résonner et aperçois des jupes virevolter.

À mon cou, un collier au pendentif en émeraude reflète les lumières des lampes. Un pendentif en forme de A, pour Amantine. Je n'avais pas besoin de plus d'accessoires. Ce bijou seul suffit à imposer ma place. Après avoir écouté le récit de mon passage chez les Pascalines, mon père m'a demandé comment il pourrait se faire pardonner de m'y avoir envoyée. La réponse était simple : m'aider à me venger. Il a fait fermer le couvent et, aujourd'hui, il finance ma renaissance.

Un groupe d'hommes suit le regard des autres et bloque en me voyant. J'inspire, la tête haute, alors qu'un léger sourire étire mes lèvres.

Les premiers murmures s'élèvent alors que j'avance vers la salle de bal.

Oui. Je suis de retour.

Une fois à l'intérieur, je m'arrête pour observer les couples danser et les filles attendre sur les bords de la salle d'être invitées par le peu d'hommes présents. J'ai été comme elles, j'ai été ces filles.

On vient m'offrir un verre et je le refuse d'un geste de main.

La valse se termine et les couples se saluent avant de séparer. Il ne serait pas de bon goût d'accaparer une cavalière. Alors qu'une nouvelle musique démarre, mes yeux se posent sur le conseiller d'État,

Louis Dosnes. Je savais qu'il serait présent. Une trentaine d'années, encore tous ses cheveux, seule une cicatrice sur le haut de la joue témoigne de son engagement militaire. Les femmes se pâment autour de lui et lui se délecte de leur attention. Il croise mon regard, répond à une connaissance puis se tourne vers moi. Je le salue d'un léger signe de tête qu'il me rend.

Je dénote parmi toutes les autres filles de l'assemblée. La grande majorité d'entre elles n'ont jamais eu mon charisme ni mon intelligence et aucune d'entre elles ne possède cette flamme dans mes yeux. Celle qui signifie que j'ai survécu à l'enfer et que je m'en suis relevée.

Louis s'approche et m'invite à danser d'un regard. Il ne dit pas un mot. Moi non plus.

Les murmures s'élèvent encore plus nombreux et augmentent à nouveau alors que le conseiller d'État m'entraîne dans une seconde valse, chose impensable selon l'étiquette.

Gustave se trouve près de la porte et me fixe, immobile. Je ne lui adresse pas une attention malgré l'envie qui bouillonne dans mes veines.

Après plusieurs danses, je m'éloigne, seule, sur le balcon qui donne sur tout Paris. J'aime ma ville la nuit. J'entrevois la cathédrale Notre-Dame au loin et un frisson me traverse. Je n'ai pas réussi à me rendre dans une église depuis mon évasion du couvent.

J'inspire et ferme les yeux, les mains appuyées sur la rambarde de pierre.

J'ai réussi. Mon nom est dans toutes les conversations, murmuré, chuchoté... J'ai réussi !

Des pas se dirigent vers moi. Sûrement encore un homme de bonne famille souhaitant lui aussi m'inviter à danser. Je rouvre les yeux et lève une main sur le côté pour lui signifier de ne pas m'importuner, mais il ne ralentit pas et approche jusqu'à prendre appui sur le balcon à son tour.

Prête à lui jeter un regard ennuyé, je me tourne vers lui.

Il ne s'agit pas d'un homme, mais d'une femme.

Je reconnais cette masse de cheveux blonds et cette robe. Mon sang se glace et mes mains tremblent.

Impossible...

— Je n'avais jamais imaginé les bals ainsi, murmure Eugénie en fixant l'horizon. Quelle débauche d'apparat ! Je comprends ta résolution de rester simple ce soir.

Ses yeux se posent enfin sur moi.

— Tu es sublime, Louise.

Ma main monte à mon cou et serre le pendentif d'émeraude.

— Vraiment superbe, continue Eugénie.

— Eugénie, je... je... croyais que tu...

— Tu m'as laissée, Louise. Tu m'as abandonnée. Tu avais promis que je partirais avec toi.

Plusieurs larmes quittent mes yeux et s'échouent sur mes joues. Derrière nous, la musique augmente et accélère.

Eugénie pose les mains sur son ventre et une tache sanglante apparaît.

— Tu les as laissés m'ouvrir en deux.

Je secoue la tête et recule d'un pas. Eugénie saisit mon poignet.

— Est-ce que tu sais à quel point la douleur est forte ? À quel point j'ai eu mal ? Est-ce que tu as déjà senti un couteau s'enfoncer dans ton ventre et te découper ?

La tache écarlate s'étend et bientôt le tissu de sa robe disparaît pour laisser entrevoir son abdomen ouvert. Ses entrailles débordent et glissent vers le sol. Elle les retient d'une main.

L'odeur me retourne l'estomac et je tente de m'enfuir, mais Eugénie me serre plus fort. Elle s'agrippe à mon poignet au point de le briser. Je tombe à genoux en hurlant.

— Non !

Je regarde vers la salle de bal. La valse continue. Personne ne nous voit.

— Je ne voulais pas, pleuré-je, j'ai vraiment essayé, Eugénie ! Je te le jure...

— Pas assez !

— Par pitié, pardonne-moi !

Elle penche la tête.

— Non. Non, Louise. Pourquoi m'as-tu laissée ?

— Parce qu'elles t'emmenaient. Je te croyais morte !

— Ce n'était pas une raison ! Mon père n'a jamais pu récupérer mon corps ! J'ai été jetée dans une tombe avec le corps des autres filles et des bébés qui n'ont pas survécu ce soir-là !

Je me défais de sa prise et me retourne pour m'échapper, mais plus je tente de courir, plus je recule. Mes muscles sont lourds, impossibles à bouger. Je puise dans toutes mes forces et insiste. En vain. Je ne parviens pas à avancer. Face à moi, le balcon s'allonge sans fin.

Je lance un regard en arrière. Eugénie a disparu. Je pivote et la vois face à moi. Son visage à présent à moitié décomposé me fixe. Un de ses yeux se liquéfie et coule le long des os de son crâne.

— Non...

Je recule, mais trébuche sur quelque chose. Je me relève aussitôt.

Marie-Paule. La sœur brûlée vive se redresse, complètement désarticulée, et Eugénie se place à ses côtés.

— Traîtresse !

— Meurtrière !

Leurs cris m'assourdissent. Je plaque mes mains sur mes oreilles et secoue la tête.

— Pitié, murmuré-je.

Sœur Marie-Paule s'avance et me saisit par les épaules. Ses orbites vides me fixent alors qu'un morceau de chair calcinée fume encore.

— Comme tu as eu pitié de moi ? me répond-elle.

Elle me pousse en arrière et mes hanches cognent la rambarde du balcon. Eugénie me frappe à son tour et je bascule dans le vide en hurlant.

CHAPITRE 21

Un cheval s'ébroue dans son box et ma tête tombe en avant.

Je me réveille en sursaut. Je sens mon cœur battre jusque dans ma gorge.

Un cauchemar. Ce n'était qu'un rêve.

Je tente de comprendre où je suis et bats plusieurs fois des paupières.

Il fait noir.

Un pleur léger résonne contre moi.

Amantine. Elle est là. Je resserre mes bras autour d'elle et prends peu à peu conscience des odeurs qui m'entourent. Du foin, du sang, de l'urine...

Je ferme les yeux en gémissant alors que la réalité me frappe. Je n'ai jamais quitté l'écurie. Je suis toujours au couvent. Irène vient de partir et je me suis endormie. Tout cela n'était qu'un rêve... Je n'ai jamais été sauvée.

La lampe s'est éteinte pendant que je dormais.

J'ajuste le voile d'Irène autour d'Amantine et la resserre contre moi pour lui partager ma chaleur.

Il fait si froid ici, je ne sens plus mes orteils.

Depuis combien de temps Irène est-elle partie ? Ai-je dormi longtemps ? Je ne suis pas reposée, cela est au moins certain.

Je nourris Amantine de nouveau et grimace quand je sens sa bouche se refermer sur mon téton douloureux.

Mon cœur bat si vite. Je crois que je n'ai jamais connu la peur ainsi. Le moindre son m'effraie. Le vent qui s'infiltre dans l'écurie, un cheval qui bouge, hennit ou s'ébroue, une souris qui court de botte de foin en botte de foin à la recherche d'une graine ou deux à dévorer.

Lorsque Amantine a terminé de manger, je me rhabille et me lève avec difficulté. Heureusement, un trou dans le mur me permet de prendre appui. Je marche lentement jusqu'à la porte et hésite à jeter un regard dehors. Le soleil n'est pas encore levé, mais je perçois le chant des oiseaux les plus matinaux s'élever dans le silence de la nuit. Le jour ne tardera plus. Au moins, la pluie a cessé.

Je me tourne vers les box des deux chevaux du docteur. Il n'est toujours pas parti.

Je tente de me rappeler le plan du domaine, la position du bâtiment central du couvent et celle de l'écurie par rapport à l'entrée. Je ne suis pas loin, j'en suis certaine !

Oh, et Irène qui ne revient pas !

Que lui est-il arrivé ? Je comptais sur elle pour m'enfuir. Comment vais-je faire ?

Soudain, un son puissant, fort et rond à la fois, résonne dans l'obscurité. Je me retourne vers la petite ouverture dans le mur qui donne sur le couvent et distingue le clocher de l'église.

Une cloche.

Mon cœur s'emballe, mon pouls résonne dans mes oreilles.

Les Laudes.

Il est déjà l'heure des Laudes... Le soleil va se lever. Les nonnes vont aller prier.

Prier.

Oui.

Elles vont toutes se rendre à l'église pour prier ensemble. Elles ne seront pas dehors. Elles ne me chercheront pas.

Un nouveau son de cloche arrive jusqu'à moi.

Haletante, je pose une main sur la porte de l'écurie et regarde par les grilles. Mon souffle crée un tourbillon dans l'air glacé. Je ne distingue pas encore le grand portail, mais sais dans quelle direction aller.

Je ne dois pas rester ici.

Irène est partie depuis trop longtemps.

Je n'ai plus le choix à présent.

Tant pis pour elle.

C'est mon moment, mon espoir.

Je visualise déjà les immenses grilles du portail. Il me suffira de les pousser et de rejoindre le chemin. Si je parviens à m'éloigner assez, je pourrai m'arrêter et me cacher parmi les arbres le temps de voir une carriole arriver.

L'excitation afflue dans mes veines et j'en oublie mes douleurs l'espace de quelques instants.

Je repasse ma cape qui n'a pas eu le temps de sécher, rabats ma capuche sur ma tête et change Amantine de bras pour la serrer contre moi. J'ajuste le voile d'Irène autour d'elle pour la protéger du froid et sors de l'écurie.

Tout est silencieux. J'avance dans les herbes recouvertes de pluie, délaissant volontairement le chemin afin d'éviter d'attirer l'attention. La boue remonte sur le bas de ma robe et de ma cape, les rendant plus lourdes à chacun de mes pas, mais je ne ralentis pas pour autant. Le portail est tout près à présent.

Je tourne la tête vers le couvent, mais ne distingue pas Irène. Mon cœur se serre. Que vont-elles lui faire ? S'est-elle évanouie à nouveau ? Les remords m'envahissent, la novice m'a aidée à m'échapper après que j'ai tué sœur Marie-Paule.

Une lueur à l'est attire mon regard. Le ciel commence à s'éclaircir. Lentement, très lentement, mais je le vois. Ce n'est pas grand-chose, juste quelques teintes plus claires, mais j'y aperçois mon salut.

Je me tourne dans la direction du portail. Plus qu'une centaine de mètres ! Avec la nuit qui vient de passer, elles n'auront pas fermé à clef.

— On y est, Amantine. On va rentrer à la maison. On va partir...

Il me suffit d'atteindre le portail. De rejoindre la route. Et je serai sauvée. Une carriole passera, comme dans mon rêve, et je rentrerai à la maison.

Je m'enfonce un peu plus dans la boue, mais parviens à m'en extirper.

Sur mon visage, les larmes se mêlent à mon sourire plein d'espoir. Je me moque de ce que mes parents diront. Qu'importe qu'ils me mettent à la porte, je ne la laisserai pas. Je me débrouillerai. Je l'ai toujours fait.

— On va rentrer toutes les deux, tu vas voir.

L'image d'Eugénie m'apparaît comme un flash. Je visualise son ventre ouvert, le docteur une main à l'intérieur tandis que sœur Marie-Paule extrait son enfant. Je n'ai pas réussi à la sauver, ni elle ni son fils. À cette pensée, je resserre Amantine un peu plus fort contre moi et me retourne pour lancer un dernier regard en arrière.

Ce que je vois me coupe la respiration.

Elles sont là.

Devant la porte principale du couvent, une vingtaine de sœurs me fixent, alignées les unes à côté des autres. Plusieurs d'entre elles tiennent des lampes qui illuminent d'une aura orangée leurs guimpes blanches.

— Non...

Ma mâchoire tremble, mes dents claquent. Elles sont là pour moi. Je le sens. Je le sais.

Je cherche Irène des yeux, mais ne la vois pas.

Plusieurs larmes coulent sur mes joues.

Le portail ! Il est si près. Je peux encore y arriver. Je regarde de nouveau vers le couvent, prête à voir que les sœurs ont avancé dans ma direction alors que je regardais ailleurs, mais elles restent statiques. Elles me fixent sans bouger.

Que font-elles ? Pourquoi ne me poursuivent-elles pas ?

Me donnent-elles le choix de revenir vers elles ? De demander leur pardon ?

Amantine se met à pleurer dans mes bras.

M'absoudraient-elles ?

Et ma fille ?

Elles me l'enlèveraient.

Je recule vers le portail et mon pied s'enfonce dans la boue. Je la sens remonter le long de ma cheville.

— Je vous salue, Marie...

Je fais volte-face et m'élance avec toute l'énergie qu'il me reste vers le portail. J'avance d'un pas, deux pas, trois pas, je me sens pousser des ailes alors que l'épuisement laisse place à l'ardeur et à la panique. Mais bien vite, trop vite, mon corps me rappelle le traumatisme de l'accouchement et mes jambes me trahissent. Je tombe.

Je me tourne à temps pour protéger Amantine et m'effondre au sol sur le flanc. La boue éclabousse autour de moi alors que le côté droit de mon visage s'enfonce à l'intérieur.

Je dois me relever. Partir.

Amantine pleure de plus en plus fort. Elle doit avoir si peur. Je la serre contre ma poitrine de toutes mes forces. Je lui fais peut-être mal. Elle est si fragile et si forte à la fois.

Je rouvre les yeux, m'appuie sur mon bras et regarde en arrière.

Une silhouette se détache des autres devant le couvent.

Je cligne des paupières, les yeux douloureux à cause de la boue, et tente de me relever. Je m'élève à quelques centimètres du sol avant de retomber.

— Non... Non...

Je suis si près ! Le portail est face à moi ! Je le distingue bien à présent que le jour commence à se lever ! Je suis tout près !

Je pousse sur mes bras et dégage une de mes jambes de la flaque. J'appuie sur ma main et me redresse. Ma cape est imbibée, elle me ralentit et me retient au sol.

De gestes désordonnés, je parviens à défaire l'attache autour de mon cou.

Je ne les laisserai pas gagner !

Je jette un regard en arrière et stoppe tous mes mouvements.

Irène.

C'est Irène qui arrive vers moi.

En la voyant, ma panique recule.

Elle est revenue ! Elle va m'aider !

Peut-être les sœurs ont-elles regretté leur action ? Cherchent-elles le pardon en me secourant ?

Irène se rapproche.

Je souris, mais son visage à elle reste impassible. C'est à cet instant que je réalise qu'elle a repassé un voile et un habit propre. Elle s'est changée. Je croyais qu'elle n'était pas revenue parce que les sœurs l'avaient attrapée... pas parce qu'elle était partie se pomponner !

L'angoisse afflue de nouveau dans mes veines. Je me lève, mais tombe à genoux. Je crie de frustration et recommence.

Même résultat. Je n'ai plus aucune force.

— Non !

Amantine hurle à présent.

Je ne la leur laisserai pas !

Je force dans mes jambes, mais chute à nouveau avec un sanglot.

— Non... Pitié... Marie... Aidez-moi...

J'entends Irène approcher. Ses pas légers s'enfoncent dans la boue. Elle s'arrête à mes côtés, droite telle une statue.

Je relève les yeux vers elle, les sourcils froncés et la colère incandescente.

— Tu n'es pas revenue, grincé-je entre mes dents.

Elle s'accroupit au sol à mes côtés et passe une main sur ma joue. Ce geste tendre me déstabilise. Que me veut-elle ?

Puis, son regard se pose sur Amantine.

— J'ai parlé en ton nom, Louise, j'ai convaincu les autres de ne pas te faire de mal, de te laisser nous rejoindre. Toi qui aimais tant l'idée de pouvoir devenir infirmière, tu pourrais nous être d'une grande aide. Tu pourrais apprendre à nos côtés.

Me propose-t-elle vraiment ce que je crois qu'elle me propose ?

— Ce qui s'est produit ce soir, ce que tu as vu... ce n'est pas le quotidien du couvent, tu le sais. Mais cela arrive. Dieu a créé le corps des femmes ainsi. L'accouchement est difficile. C'est une épreuve. Nous avons tout fait pour vous aider, mais la réalité de la situation actuelle nous a poussées à trouver de nouveaux financements...

— Irène, non...

Elle ne dit pas « elles », mais « nous ». Les sœurs l'ont bien retrouvée... Elle est dans leur camp désormais.

— Nous sauvons des vies. Nous aidons toutes les femmes dans le besoin. De celles qui comme toi peuvent payer pour un séjour de longue durée, à celles sans aucun sou. Nous les accueillons, nous les nourrissons et nous les aidons à enfanter.

— Elles ne les aident pas, Irène, tu l'as vu ! Elles tuent !

— C'est un choix difficile que celui que nous sommes obligées de faire. Sauver la mère ou l'enfant. Parfois, nous n'avons même pas cette possibilité-là.

— Elles ne choisissent jamais la mère. Elles les déclenchent de force !

— Mais la mère a péché, Louise, se justifie-t-elle d'une voix calme et sereine. Pas l'enfant. Si les mères sont ici, c'est bien parce qu'elles se sont adonnées au péché de chair en dehors du mariage. L'enfant, lui, n'y est pour rien. Il naît innocent. C'est lui, notre priorité.

Comment peut-elle dire une telle chose ?

— Et Eugénie ? Elles l'ont déclenchée alors qu'elle n'était pas à huit mois !

— Eugénie a menti. Elle a menti pour profiter de la bonté de notre congrégation. Comment aurions-nous pu savoir ?

— Le docteur l'a ouverte en deux alors qu'elle était encore vivante ! Elle aurait pu survivre. Tout ça pour voler son bébé !

— Pour lui trouver une famille qui saura lui apporter ce que vous autres ne pouvez pas.

Je secoue la tête, le visage baigné de larmes.

— Elles ont tué un bébé parce qu'il n'était pas blanc... Quelle excuse vas-tu leur trouver pour ça ?

Irène baisse les yeux.

— Quelle vie aurait-il eue ? Un enfant métis ? Il n'aurait jamais été adopté. Il aurait fini dans les rues à cinq ans, peut-être moins... Sais-tu qu'il existe des réseaux de prostitution d'enfants ? Quelle horreur ! Personne ne mérite cela. Elles ont fait preuve de charité.

Elle n'a pas dit « nous » cette fois. Elle ne cautionne pas cet acte. C'est mon ultime espoir.

— Irène... Elles ont tué un bébé, un enfant de Dieu. Seul Lui a le droit de vie ou de mort sur nous. C'est à Lui de juger, pas à elles. Il passera l'éternité dans les limbes à cause de ce qu'elles ont fait !

— Il a été baptisé.

— Non.

— Si. Sœur Marie-Paule bénit les enfants qui meurent afin de leur donner accès au paradis.

— J'étais là lorsqu'il est mort, Irène. Je l'ai vu. Il n'était pas baptisé.

— Elle l'a forcément fait.

— Quand ? C'est impossible, elles t'ont menti ! J'ai tué Marie-Paule ! Elle ne pouvait pas baptiser cet enfant !

Les yeux d'Irène s'élargissent et elle recule.

— Quoi... ?

Je réalise mon erreur. Irène ne savait pas que j'étais responsable. Elle ne me croyait pas capable de meurtre et je viens de lui livrer mon péché ultime. Elle m'avait pardonné la fornication, s'était attachée à moi, mais le meurtre... Je vois dans ses yeux que c'était là l'ultime affront.

— Sœur Caroline a dit que c'était un accident...

— Elle allait me tuer. Je me suis défendue... Oui... C'était un accident !

Elle secoue la tête, les muscles tendus et les yeux exorbités.

— Te défendre ? Elle a été brûlée vive ! Je suis passée devant son corps... Elle... C'est horrible...

Sa voix n'est plus douce à présent, mais chevrotante. Elle trahit sa peur et sa colère. Sa déception.

Je tente de lui expliquer :

— Elle est tombée dans la cheminée...

— Parce que tu l'y as poussée ! me coupe-t-elle.

— Elle allait me tuer, Irène... Tu comprends ? Elle avait un couteau ! Elle m'a entaillé l'épaule ! Ce que tu as vu à l'écurie, c'est elle qui m'a blessée ! Avec le docteur, ils venaient d'assassiner Eugénie sous mes yeux. Elle m'a avoué vouloir me faire taire. Qu'est-ce que j'aurais dû faire ? Basculer la tête en arrière pour qu'elle m'égorge plus facilement ? M'ouvrir les veines pour lui faciliter la tâche ?

Irène secoue la tête et son regard glisse jusqu'à Amantine.

— Non, murmuré-je en serrant ma fille contre moi. Non !

Irène se penche en avant et saisit ma fille. Elle la tire vers elle, mais je tiens bon.

— Tu ne me la prendras pas ! Irène ! Qu'est-ce que tu fais ? Je croyais que nous étions amies.

Elle me frappe à la joue – pas si amies que ça en fin de compte – et la violence de ce geste me surprend tant que j'en desserre ma prise. Irène en profite pour me voler Amantine.

— Elle sera bien mieux sans toi, assure-t-elle en la plaquant contre elle.

Ses mots sont comme du poison à mes oreilles. Je tends mes bras en avant pour la récupérer.

— Non, pitié, rends-la-moi... Je... Je ferai tout ce que tu voudras. Je prendrai le voile s'il le faut !

— Nous lui trouverons une bien meilleure famille. Une dont la mère ne sera pas une meurtrière.

— C'est ma fille ! *Ma* fille !

Irène se redresse, sa jupe recouverte de boue, et recule de plusieurs pas avec ma fille hurlant de peur dans ses bras.

— Non ! Rends-la-moi ! C'est la mienne ! Irène !

Mon cri déchire l'air. Je ne reconnais plus ma voix.

— Irène ! Je t'en supplie ! Ne me laisse pas ! Aide-moi !

Irène se retourne et s'éloigne.

Je hurle plus fort.

— Laisse-la-moi !

Je me relève à genoux. Je la rattraperai et la tuerai s'il le faut.

Cependant, Irène accélère vers le couvent, voûtée en avant, le visage penché vers Amantine. Au même moment, comme si la novice leur avait donné un signal, les sœurs se mettent en marche dans ma direction.

Je suis déchirée. Le portail se trouve derrière moi, Amantine devant. Mon ventre se creuse, on vient de m'arracher un bout de moi.

Je regarde en arrière.

Je reviendrai la chercher ! Oui. Je remuerai ciel et terre pour retrouver ma petite fille !

Je me relève, les jambes flageolantes, recule d'un pas, mais les sœurs en font déjà deux vers moi. Un autre. Elles avancent toujours autant.

Mon talon tape dans une pierre et je bascule. Je tombe sur le dos et ma respiration se bloque. Je ferme les yeux, les rouvre sur le ciel et les referme.

J'entends des pas se rapprocher. M'entourer.

Enfin, mes poumons appellent de l'air à nouveau. Il me brûle la gorge comme de l'acide. Je rouvre les yeux.

Elles sont là. Toutes autour de moi, serrées les unes contre les autres. Je les reconnais. Sœur Christine, sœur Apolline, Catherine, Gisèle, Marie-Thérèse, Madeleine, Agnès, Constance, Angèle, Emmanuelle... Caroline. C'est elle qui s'avance en premier vers moi. Ses yeux clairs me paraissent blancs à cette distance. Elle me toise, le regard sévère et les lèvres pincées.

Pourquoi ne disent-elles rien ? Leur vœu de silence est terminé à présent que le jour se lève.

Au loin, le ciel se pare de reflets rougeâtres.

Je vois sœur Caroline déglutir, regarder vers le ciel puis toucher son front, son sternum et enfin ses deux épaules. Elle signe la croix de Jésus.

Non...

Mes bras s'agitent, je dois partir.

Cependant, où que je pose les yeux, elles sont là. Elles m'ont complètement encerclée. Je ne peux m'enfuir. Je tire sur le pan d'une jupe noire, mais la sœur ne bouge pas.

Caroline avance, mon regard glisse vers elle. Elle tient quelque chose dans sa main. Que fait-elle ?

Je distingue enfin ce que ses doigts serrent si fort.

Une pierre.

Je secoue la tête.

— Non, ne faites pas ça. Je voulais juste me défendre ! Elle... Elle allait me tuer !

Caroline lève son bras, le visage crispé de colère.

— Pardonne-nous, Seigneur, pour ce que nous nous apprêtons à faire.

— Arrêtez !

Sœur Caroline jette la pierre. Elle me frappe à la tempe et ma tête part en arrière pour s'enfoncer de nouveau dans la boue. La douleur m'irradie et me traverse. Le monde tourne.

Je bats des paupières juste à temps pour voir une deuxième sœur approcher, signer le symbole de croix et me lancer elle aussi une pierre. Celle-ci me cogne à l'épaule.

Je crie.

Une nouvelle roche, plus grosse. Elle me touche au cou cette fois.

Les sœurs s'avancent les unes après les autres et me lapident à l'aide des pierres qu'elles ont préparées à l'avance, se penchent pour récupérer celles qui retombent sur le sol, tachées de mon sang, et me les jettent à nouveau.

Ma broche s'enfonce dans ma poitrine.

Mes cris ne les émeuvent pas. Mes supplices non plus.

Je remonte mes bras à ma tête pour me protéger, mais les coups ne ralentissent pas. J'ai l'impression qu'ils redoublent.

Du sang roule sur mon visage, il est si chaud. Ma vision se brouille de rouge.

Je vais mourir ici. Personne ne me sauvera.

Je ne supplierai plus.

Non.

Je pose mes mains au sol et un vertige me prend. Un de mes yeux est si boursouflé que je ne vois plus que de l'autre. Je pousse sur mes mains, mais mon bras refuse de me soutenir. L'os est cassé. Je prends appui sur l'autre, me redresse et me mets à genoux.

Les coups s'arrêtent. Ma tête bascule en arrière contre mon dos.

J'halète. J'ai si mal. Mon corps entier n'est plus que douleur.

— Meurtrières, murmuré-je entre mes lèvres tuméfiées.

Quelqu'un s'approche. Je suis certaine qu'il s'agit de Caroline.

— Meurtrières !

Un reniflement dédaigneux me répond. J'ouvre mon œil droit.

Elle secoue la tête. Son bras se lève à nouveau. Du sang macule ses mains.

Sa pierre paraît bien plus grosse.

Elle inspire, grommelle quelque chose d'inaudible et pose les yeux sur moi.

Je souris. La douleur est atroce, je sens mes lèvres se déchirer à plusieurs endroits, mais je tiens bon.

C'est tout ce qu'il me reste. L'honneur. Elles ne me l'enlèveront pas. Je les combattrai jusqu'au bout.

Je ris.

Elle ne s'y attendait pas et son bras tremble.

Je ris plus fort.

Pauvres femmes…

Je regarde le portail. Il était si près. J'y étais presque…

Des scènes de mon rêve me reviennent. Je me revois entrer dans la salle de bal, tous les regards tournés vers moi. L'expression de jalousie des filles qui m'ont insultée, le regret et la honte dans les yeux de Gustave. Je me sens puissante, forte, invincible.

— Son nom... Amantine...

Sœur Caroline secoue la tête et me jette la pierre. Je la vois arriver vers moi au ralenti. Elle se rapproche de mon visage, de mon front, me percute entre les deux yeux.

Je me sens tomber en arrière.

Et puis plus rien.

EPILOGUE

Elles ont pris mon bébé.

Ma fille. Amantine.

Après m'avoir lapidée, trois d'entre elles m'ont emportée vers une tombe déjà creusée dans le sol.

Je n'ai pas eu le droit aux derniers sacrements ni même à une prière. Mon corps n'a pas été lavé, béni, ni arrangé. On m'a jetée dans un trou à peine assez grand et recouverte de terre. Ce qu'elles ont fait de mes affaires, je n'en ai aucune idée.

J'ai assisté au défilé des parents en recherche d'enfant, ils ont déambulé dans la salle des nouveau-nés accompagnés de leur nourrice, mais je n'ai pas réussi à voir qui avait adopté ma petite fille.

Eugénie affirme que c'est ma combativité qui m'a poussée à revenir, mais moi, je pense que c'est ma rage. Je ne sais pas vraiment ce que je suis. Un esprit ? Un fantôme ? Je ne peux pas toucher les choses, voilà qui est certain. Pour l'instant. Eugénie est là aussi. Il lui a fallu un peu plus de temps qu'à moi avant d'apparaître au cœur du petit cimetière. Je crois que ma présence y est pour quelque chose. Je ne voulais pas rester seule. Les sœurs, dans un acte de charité hypocrite, nous ont placées côte à côte. Ce que nous avons vécu cette nuit toutes les deux nous a liées à jamais.

Il nous a abandonnées, Il nous a méprisées. Son ancien rival, Lucifer, lui, ne semble pas nous avoir oubliées. Nous ne connaissons pas ses desseins ni même la raison qui l'a poussé à nous offrir cette seconde vie – si nous pouvons l'appeler comme ça –, mais nous la saisissons.

Irène vient souvent pleurer sur ma tombe, le cœur rempli de regrets. Elle ne me voit pas, mais moi... Oh, moi, je ne peux la manquer ! J'ai une place de choix assise sur la malheureuse croix qu'elles ont plantée sur ce qui me fait office de dernière demeure.

La novice me raconte que mes parents sont si bouleversés qu'ils sont incapables de me rendre visite. Ils n'ont pas cherché à récupérer mon cadavre, persuadés que je suis bien mieux installée près d'une maison du Seigneur. Quelle naïveté ! De la part de ma mère, ce comportement simplet ne m'étonne pas, mais de mon père... L'idée de ne jamais reposer à mes côtés ne semble pas le déranger. Quel piètre père il fait ! S'il avait réclamé ma dépouille, il aurait découvert les marques que les pierres ont laissées sur mon corps. Il aurait vu les bleus, la torture.

Ils vont tout bonnement faire inscrire mon nom sur le caveau familial. Je me demande ce qu'ils ont bien pu raconter aux amis et à la famille quant à ma disparition. Quelle est la grande maladie à la mode en ce moment ? Peut-être opteront-ils pour un accident de cheval ? Une attaque de bandits ? Ils n'iront pas dire que leur fille est morte en couches dans un couvent.

Oh, et Gustave ! J'espère qu'il pleure de chagrin. Ce lâche. Lui non plus ne m'a pas rendu visite, mais est-ce vraiment étonnant ?

Eugénie a eu plus de chance. Son père a demandé son corps. Il est venu lui-même la chercher une semaine après, l'a emmaillotée dans une couverture et placée avec délicatesse à l'arrière de sa charrette. Les sœurs avaient pris soin de la recoudre avant de l'enterrer. Nous l'avons regardé partir toutes les deux, main dans la main. Je lui ai bien dit de le suivre, mais elle a voulu rester près de moi.

Celle que je pensais être la plus pauvre de nous deux était en réalité la plus riche. Eugénie possédait quelque chose que je n'avais fait qu'effleurer.

Quelqu'un qui l'aimait plus que tout.

Remerciements

De nouveau, je tiens à remercier du fond du cœur, Hélène, qui m'accompagne dans l'écriture de mes romans, m'écoute lui raconter toutes mes idées avec autant, si ce n'est plus, d'enthousiasme que moi, me propose des améliorations et me pousse à prendre des pauses pour manger ainsi qu'à aller marcher.

Je souhaite aussi adresser un remerciement particulier à toutes mes bêta-lectrices : Mimi, Camille, Corinne et Hélène. Un grand merci à Laurianne aussi qui, si elle n'a pas lu ce roman en avant-première, m'a écoutée lui dérouler tout le scénario à la recherche d'incompréhensions.

Merci aussi à tous mes lecteurs et lectrices qui précommandent mes romans. Votre confiance et votre enthousiasme me donnent envie d'écrire encore et encore !

Mon dernier remerciement sera pour Dave Turcotte Lafond qui m'a demandé de participer au *Recueil Maudit* 2022. Sans lui, je n'aurais pas eu l'idée de cette histoire qui devait être à la base une nouvelle courte.

À PROPOS DE L'AUTRICE

Alex Sol est une autrice autiste de SFFF et de thriller, passionnée par les nouvelles technologies. Dans une autre vie, ou peut-être dans un univers parallèle, elle aurait été ingénieur, pour pouvoir créer et concevoir les objets du futur. Manque de pot, elle a fait un BAC L et des études de graphisme. Alors, aujourd'hui, c'est à travers ses histoires qu'elle imagine le futur. Ses personnages se trouvent souvent sur le spectre de l'autisme.

Retrouvez-la sur ses réseaux sociaux pour suivre ses actualités.

facebook.com/alexsolautrice
instagram.com/alex.sol.autrice
tiktok.com/@alex.sol.autrice

DE LA MÊME AUTRICE

Thriller :

Jamais d'eux sans toi - 2019

Pris dans la toile - 2022

Thriller fantastique :

Périveil - 2022

Horreur :

Vous êtes cordialement invités - 2021

Les Accoucheuses : Le couvent des Pascalines - 2022

Urban Fantasy :

Exorcismes et Sortilèges - Tome 1 : Sam - 2022

Exorcismes et Sortilèges - Tome 2 : Sylvia - novembre 2022

Science-fiction :

MIRIAL - 2021

Science-fiction Young Adult :

Les Aventures Extra-Solaires T1. La planète aux épines - 2019

Les Aventures Extra-Solaires T2 La planète rouge - 2020

Fantasy Young Adult :

Les Chroniques des Ondes - T.1 L'Appel de Minéra - 2020

Rendez-vous en 2023

pour

Vous êtes cordialement Invités 2

LE COUVENT DES PASCALINES

Manufactured by Amazon.ca
Acheson, AB